ALINE SANT'ANA

SEM FRONTEIRAS PARA O Amor

Copyright © 2019 de Aline Sant' Ana
Copyright © 2019 por Editora Charme
Todos os direitos reservados.

Nenhuma parte desta publicação pode ser reproduzida, distribuída ou transmitida por qualquer forma ou por qualquer meio, incluindo fotocópia, gravação ou outros métodos eletrônicos ou mecânicos, sem a prévia autorização por escrito do editor, exceto no caso de breves citações em resenhas e alguns outros usos não comerciais permitidos pela lei de direitos autorais.

Este livro é um trabalho de ficção. Todos os nomes, personagens, locais e incidentes são produtos da imaginação das autoras. Qualquer semelhança com pessoas reais, coisas, vivas ou mortas, locais ou eventos é mera coincidência.

1ª Edição 2020.

Fotos da Capa: Depositphotos

Criação e Produção: Verônica Góes

Revisão: Sophia Paz

FICHA CATALOGRÁFICA ELABORADA POR
Bibliotecária: Priscila Gomes Cruz CRB-8/8207

S231a   Sant' Ana, Aline

Americano Protetor - Australiano Indomável - Japonês Prometido / Aline Sant'Ana; Revisor: Sophia Paz; Criação e Produção: Verônica Góes - Campinas, SP: Editora Charme, 2020.

216 p. il. -(Série Sem Fronteiras Para O Amor; 1)

ISBN: 978-65-5056-012-6

1. Romance Brasileiro| 2. Ficção brasileira-
I. Sant'Ana, Aline. II. Paz, Sophia. III. Góes, Verônica. IV. Título.

CDD B869.35

---

www.editoracharme.com.br

ALINE SANT'ANA

Sem Fronteiras Para O Amor é uma série de doze contos, escrita em homenagem aos leitores que foram sorteados para participarem deste projeto. Cada livro é dedicado a um leitor em especial, que escolheu seu país favorito, o nome dos personagens, incluindo suas características físicas e pessoais. E o enredo foi criado a partir de uma música selecionada pelo leitor, que inspirou a autora a escrever cada história.

Editora Charme

"Na minha vida, já tive desilusões e dor

Não sei se consigo encarar isso de novo (...)

Eu quero saber o que é o amor

Eu quero que você me mostre

Eu quero sentir o que é o amor"

FOREIGNER, "I WANNA KNOW WHAT LOVE IS"

ALINE SANT'ANA

SEM FRONTEIRAS PARA O AMOR #1

AMERICANO
Protetor

Editora
Charme

Dedicado à Daniele Castro.

Que você possa idealizar Will

e se apaixonar por esse policial

que criei com todo o carinho para você.

1
Hanna

Nove da noite.

Que maravilha, pensei, aliviada.

Houve tempo suficiente para terminar de passar as atividades das crianças ao diretor Howard por e-mail; ao menos, eu tinha uma grande ideia do que fazer nesse início. A planilha detalhada compunha as aulas de acordo com os dias da semana e todo o planejamento de janeiro. O objetivo era desenvolver as atividades das crianças com desenhos, música e leitura, para o crescimento pessoal e mental de cada uma. Pessoalmente, eu levava essa fase de suas vidas da forma mais responsável possível, reconhecendo que parte de suas personalidades era moldada ali. Não só fiz o planejamento de janeiro, como o diretor Howard achava. Já havia preparado para todo o semestre.

Me recostei na poltrona confortável, suspirei fundo e apertei "enviar", orgulhosa do trabalho.

Sabe, toda a atividade estava perfeitamente equiparada com uma das melhores escolas de Nova York, ainda que a escola Pumpkin fosse no Brooklyn, apenas focada em crianças pequenas, e não no Upper East Side, para todas as idades, com uniformes maravilhosos e gente nascida em berço de ouro. Eu queria que meus alunos tivessem a mesma educação que os de lá, então, fazia pesquisas e procurava novidades para inteirá-las e vivia bem comigo mesma.

O melhor para elas, sempre.

Tomei um gole de vinho e mordi um pedaço do chocolate amargo em barra que sempre me acompanhava. A noite estava fria, a neve não tinha pretensão de parar, mas essa cidade era mesmo mágica.

O Brooklyn havia crescido bastante desde a época em que eu era criança, os aluguéis se tornaram exorbitantes, a classe média-alta se proliferou para todos os cantos e, honestamente, se eu não tivesse herdado o apartamento antigo da minha mãe — a única coisa boa de uma infância terrível —, talvez não pudesse morar ou lecionar aqui. Nova York tinha um estilo de vida que nem todos eram capazes de acompanhar. Me surpreendia o fato de eu ainda conseguir viver, de conseguir ganhar um salário bom.

Mas agora eu estava *feliz*.

Quando parava para pensar no passado, um estremecimento percorria a minha pele.

Ganhando pouco, mas bem. Vivendo sozinha e livre. Talvez esse fosse o verdadeiro significado da felicidade. Só, porém em paz. Nem que a única companhia que eu tivesse fossem os vinhos, os chocolates e os meus bebês da escola.

Chame isso de egoísmo.

Eu acreditava que era uma liberdade imensa.

Meu celular começou a tocar, denunciando que eu não era totalmente só.

Eu tinha a minha melhor amiga, afinal de contas.

Derrubei o vinho quase em cima do notebook antes de atender ao telefone.

— Ai, que porcaria! — resmunguei, tentando ajeitar a bagunça. Desisti, pensando que teria que limpar depois. Meu computador estava intacto, graças a Deus.

— Onde você está? — gritou Joyce do outro lado da linha, me dando uma bronca.

Ah, a festa que ela me convidou.

— Em casa. Acabei de enviar um e-mail para o Howard e...

— Pelo amor de Deus, Hannah Davis! — me interrompeu. — Quando você vai sair desse apartamento? Viu o convite que te mandei pelo celular?

— Amanhã, quando for dar aulas, eu vou sair. E por que eu iria em uma festa de hip-hop, Joyce? Eu precisava terminar a planilha.

— Porque está demais! Você não tem noção. Achei um cara i-d-ê-n-t-i-c-o ao Ne-Yo.

Dei uma risada e imaginei o Ne-Yo em uma festa popular.

— Nossa, Joyce.

— Eu vou me casar, e o sósia Ne-yo aparece em uma festa. É como se ele fosse o divórcio em duas pernas.

— Ele *seria* o divórcio encarnado se você já estivesse casada.

— É, mas não vou trair o David, você sabe. Ainda assim, a festa tá demais mesmo! E esse Ne-Yo poderia cantar *Miss Independent* ao pé do teu ouvido, coladinho...

— Meu Deus.

— Você quer vir para cá agora, né?

Ri de novo.

— Não adianta, meu amor. Eu vou dormir. Dou aula amanhã.

— Você é tão chata. Eu já te disse isso? Insuportavelmente chata. E solteira. Eu vou em mais festas do que você.

— Ei! Quem disse que ser solteira é defeito? E... seu noivo dá as festas, em minha defesa.

— Tudo bem, ainda assim...

— Joy, aproveite por mim. Vou terminar de arrumar as minhas coisas, colocar o meu pijama de coala e dormir.

— Você precisa substituir esse pijama de coala por uma lingerie de renda.

— Tchau, Joy.

— Amo você, Hannah-Banana. — Desligou, me provocando com o apelido da infância.

Me levantei, esticando a coluna, e fui até a cozinha pegar um pano e produtos de limpeza para resolver a pendência que deixei sobre minha mesa de trabalho. Estava exausta, só queria banho e cama. A semana seguinte seria caótica, e eu tinha de estar descansada mental e fisicamente.

Me abaixei para pegar os produtos e fui logo limpar o resto do vinho, pensando em Joyce.

Ela era uma pessoa completamente diferente de mim. Fisicamente e em personalidade. Éramos como água e vinho, embora discretamente unidas por duas coisas: paixão por livros de romances e uma infância maluca.

Me recordo de como nos conhecemos, em um dia frio no inverno quando o parque estava coberto de neve e queríamos brincar. Então, assim se uniram duas meninas pequenas, com pais negligentes. Criamos um boneco de neve naquele dia e, desde então, nunca mais nos separamos. Passávamos nossas tardes na rua, já que dentro de casa era terrível. Ela, com um pai bêbado e uma mãe que nunca estava em casa. Eu, com um padrasto abusivo e uma mãe subserviente.

Após a infância, descobrimos o amor por livros. Íamos nas bibliotecas da cidade e dividíamos a mesma história, lendo em voz alta uma para a outra, sonhando com o dia em que encontraríamos nosso príncipe encantado.

Não levou muito tempo para descobrimos que a literatura era diferente da realidade e que, infelizmente, homens são capazes de quebrar corações e não de fazê-los palpitar.

O primeiro homem que partiu meu coração foi meu pai, que, quando finalmente o encontrei, beirando os quinze anos, disse claramente que não me queria e não se importou de mamãe estar submissa a um homem abusivo.

Foi a primeira e última vez que o vi.

O segundo foi meu padrasto, que me chamou de vadia quando fiz dezessete anos, porque ganhei uma saia jeans de presente da Joyce. Dali em diante, perdi a conta de quantas vezes ele me destruiu moralmente. Quando criança, era apenas a indiferença. Calvin, meu padrasto, começou a se importar com a minha vida adolescente e, posteriormente, adulta.

Consegui impor o único limite que houve entre nós em uma das brigas, no instante em que revidei e fiz minhas malas, partindo para a casa da minha tia Mercedes. Ela me abrigou com todo o carinho, e nós duas fizemos uma queixa contra Calvin.

Dali em diante, foram apenas consequências dessa noite.

Calvin foi preso, mamãe ficou isolada e não aguentou mais morar na casa que a lembrava do marido, com tanto carinho; era como se nunca tivesse sido agredida física e psicologicamente. Quando fiz vinte e um e já estava na faculdade, busquei ajuda de um psicólogo para que mamãe entendesse a agressão que sofreu, porém foi em vão.

Era como se ela não soubesse o que a acometeu.

Anos passaram e tia Mercedes, com muito pesar, precisou deixar Nova York, devido à profissão. Ficamos só eu e mamãe, sendo obrigadas a retornar para uma casa que nos trazia lembranças ruins.

Levou um tempo para me acostumar a uma versão da minha mãe tão dependente. Ela não fazia absolutamente nada sozinha, sentia falta de Calvin o tempo inteiro, e percebi que, por mais que brigasse com ela, mamãe nunca entenderia ou enxergaria a situação em que ficou por mais de dez anos. Aprendi a parar de revidar, a aceitá-la, a cuidar da única pessoa que possuía um laço sanguíneo comigo, que valia a pena.

Preciso dar crédito a Joyce porque, na mesma época em que eu enfrentava tantas mudanças, ela perdeu o pai, sua mãe foi embora e a largou sozinha cuidando de uma casa, sendo que Joyce não tinha sequer um emprego.

Demorou dois anos para nós duas nos reerguermos.

Quando finalmente o fizemos, foi a vez de mamãe me deixar.

Apertei o pano, limpando com mais força, desviando o pensamento do acontecimento mais triste da minha vida. Com trinta e dois anos recém-feitos, ainda sentia o baque de tê-la perdido há quatro anos, como se fosse há apenas um mês.

Voltei a pensar em Joyce, sabendo que minha melhor amiga não me tiraria lágrimas na primeira semana do ano. Ela estava bem profissionalmente, fazendo algo que amava: dando aulas de dança. Conheceu um empresário, que era responsável pelas maiores festas da cidade, se apaixonou perdidamente — como nos livros de romance que líamos na adolescência — e encontrou o seu felizes para sempre. Esse foi o único exemplo que tive de que relacionamentos podem dar certo e de que existem pessoas boas, que são comprometidas umas com as outras. Tive apenas três namorados durante toda a vida e não preciso dizer que os três terminaram de partir o meu coração, não é?

Por isso as crianças, talvez.

Porque o amor era puro e sincero. Eu poderia educá-las a serem pessoas boas no futuro, poderia guiá-las como nunca fui guiada, poderia dar um carinho que nunca recebi. No fundo, eu tinha muito amor acumulado dentro do peito. Descobri que, em relação aos adultos, ninguém, além de Joyce, merecia a minha parte boa.

Dedicava-me exclusivamente aos meus bebês, secretamente sonhando com um dia ter um meu.

No entanto, em meio à loucura que andava a vida e à maneira como as pessoas estavam se relacionado, me questionava se seria capaz de encontrar um homem para dividir essa responsabilidade comigo. Joyce me dizia: "Que se danem os homens! Hoje você pode engravidar sem precisar olhar para a cara do sujeito. E tem sempre a adoção".

Talvez um dia.

Fui para o chuveiro, coloquei o meu pijama de coalas e deitei na cama, cobrindo-me até a orelha, me odiando por ter lavado os cabelos. Estava nevando lá fora. Encarei o relógio, vendo que não havia passado das onze da noite, e eu teria boas oito horas de sono antes de precisar acordar para dar início às aulas no dia seguinte.

Minhas pálpebras foram fechando lentamente, o sono me consumindo como se uma dose de preguiça tivesse sido injetada em mim.

Subitamente, um arrepio cobriu minhas pernas até alcançar a nuca.

E, assim como o sono veio de forma rápida, o despertar surgiu abruptamente.

Fiquei estagnada, me sentindo completamente acordada e com medo.

Meu coração deu um salto.

Alguém tinha quebrado a janela e entrado na minha casa.

2

Will

Um aviso da central soou. Peguei o rádio, dirigindo atentamente pelas ruas geladas de Nova York. Apertei o botão que me daria acesso à conversa com a central e semicerrei os olhos, parando no sinal vermelho.

— QAP — respondi, com a sigla de afirmação de que eu estava na escuta.
— QAP. Sullivan.

— Chamado para um possível arrombamento próximo à sua localização.

— QSL — murmurei, confirmando que tinha compreendido.

— Enviando coordenadas.

Recebi as coordenadas e pensei que não poderia voltar para casa, como tinha prometido ao meu irmão. Ultimamente, eu o estava decepcionando mais do que surpreendendo. O que era uma merda. Eu queria ter um tempo para ficar em casa.

Tirei o celular do bolso, já analisando pelo GPS onde estava a ocorrência. Liguei as sirenes e pisei fundo no acelerador. Assim que Cody atendeu, pude perceber que ele já sabia que eu não conseguiria retornar.

— Fala, Will. O que houve?

— Estou indo para uma ocorrência — disse, não tentando mascarar o que já era certo. Ele deve ter sido capaz de escutar as sirenes e o motor do carro.

Cody não disse nada, apenas ouvi sua respiração do outro lado. Encarei os espelhos da viatura, esperando uma resposta.

— Cody? — murmurei, em tom de advertência.

— Eu sei que é o seu trabalho, e já falei mil vezes o quanto sou orgulhoso de você, mas, cara... ela vai ficar desapontada se acordar e você não estiver aqui.

Fechei os olhos por um momento.

— Ela está dormindo?

— Coloquei-a na cama, mas pensei que você voltaria antes.

— Eu também pensei, mas não vou conseguir.

— Preciso viajar, Will. Vou perder meu voo. Liz geralmente acorda de madrugada. Como vamos fazer?

Apertei os dedos com força em torno do volante, pensando que o departamento tinha que ver logo a mudança de horário que me propus a fazer. Eu não aguentava mais ficar tanto tempo longe, não desse jeito.

— Você pode tentar chamar a babá para mim? Eu odeio isso tanto quanto você, até mais... só que, infelizmente, eu não vou conseguir ir para casa esta noite.

— Eu sei. — Cody exalou fundo. — Tudo bem.

— Obrigado, irmão. — Joguei o celular no banco, sem ter tempo de encerrar a chamada. Cody encerraria, como sempre fazia.

Parei na casa que deveria averiguar. As sirenes foram apagadas, e saí do carro já em posição, analisando a residência do lado de fora. Desliguei meu cérebro da vida pessoal, foquei na profissional, porque estava na hora de ajudar uma pessoa.

Não demorei a perceber que a casa, por fora, estava com tudo intacto, exceto pela janela imensa, próxima à lateral esquerda. Vi que as luzes ainda estavam acesas. Eu quase entrei, mas me lembrei que tinha que notificar, e coloquei a arma no ângulo perfeito, para eu ter o tiro claro se precisasse.

— Cheguei ao local. Identificado arrombamento na janela. Preciso de reforços.

— Entendido.

Entrei com cautela pela janela, observando todo e qualquer movimento ao meu redor. Não escutei sequer um som na casa, embora estivesse completamente revirada. Poltrona jogada no chão, a mesa de trabalho derrubada, um carregador de notebook solto... provavelmente levaram o computador. Tomei cuidado para não pisar nos cacos de vidro no chão. Foi impossível, e acabei fazendo barulho.

— Polícia de Nova York! — anunciei, esperando alguma reação.

Comecei a andar com mais tranquilidade quando percebi que não havia ninguém lá. A pessoa que ligou tinha sido sequestrada? Procurei indícios, andei pelos cômodos, mas não encontrei uma alma. Estava prestes a pegar o rádio e anunciar, quando escutei a porta do guarda-roupa se abrir.

— Ele já foi? — uma moça indagou, com a voz trêmula.

— Sim. A senhora está machucada? — Continuei em posição, com uma mão no rádio portátil do uniforme e a outra no gatilho da 9mm.

Tomei um tempo para compreender o que meus olhos estavam vendo. Deslizei o olhar para o seu rosto e corpo, procurando machucados.

— Não, entrei no guarda-roupa assim que percebi que seria mais seguro e fiquei lá o tempo inteiro. — Ela engoliu em seco e desviou os olhos de mim para sua casa. Tirei a mão da arma, guardei-a e relaxei. — Ele... ele não sabia que eu estava em casa. Deve ter achado que algumas luzes estavam acesas por hábito. Aliás, eu sempre deixo quando vou dormir. — Fez uma pausa. — Oh, meu Deus. Ele levou... meu notebook.

Ela foi correndo em direção ao cabo.

— O planejamento das crianças — sussurrou para si mesma.

Eu me abaixei, acostumado a lidar com vítimas de assaltos e arrombamentos nessa região. Provavelmente eu deveria cercar o perímetro, mas sozinho não daria conta, e o meu parceiro estava de folga. Olhei para a janela quebrada, pensando se mais alguma viatura demoraria a chegar. Cheguei a cogitar perguntar para ela se teve uma noção do tempo que o ladrão ficou em sua casa até o momento que saiu, mas a moça estava apavorada.

Voltei minha atenção para ela.

— Senhora...

Ela me encarou, seus olhos brilhando com lágrimas contidas.

E foi aí que eu reparei *nela*.

O cabelo loiro-trigo estava cortado na altura do ombro e ondulado em torno do rosto fino. Os olhos, muito azuis, pareciam com os meus. Seus cílios eram espessos, mais escuros que o tom do cabelo, assim como as sobrancelhas bem desenhadas em castanho-claro. Desci o olhar para os lábios, o que foi um grande erro. Eram cheios e pareciam destacar mais do que qualquer outra tonalidade em torno do rosto, em um vermelho vivo demais.

Voltei a encarar seus olhos, perdido no raciocínio que tive, procurando o rumo da conversa.

— *Senhorita* Davis — a moça disse seu sobrenome, franzindo o cenho pelo meu silêncio. Ela achou que a nomeação respeitosa, seguida de uma pausa, era um pedido para que se apresentasse.

Sua voz doce e sonora me arrepiou.

— Sullivan — consegui dizer, encontrando minha voz.

Ela era, sem dúvida, uma mulher extraordinariamente linda. Podia ser modelo ou, sei lá, aquele tipo de pessoa que você encontra no Instagram e parece utópica demais para existir na vida real.

— Ah, tudo bem. — A senhorita Davis piscou repetidamente. — Acho que vou me levantar.

A moça se levantou, de forma que precisei acompanhá-la. Por alguns minutos, esqueci o porquê de estar ali. Encontrei a razão meio tarde, quando ela já estava falando a respeito das coisas que foram roubadas.

— ... minha carteira estava na bolsa, e não a vi em cima do sofá, como tinha deixado. Vou precisar refazer os documentos. O notebook, como te falei, era o mais importante. Não tinha joias, mas meu...

Seus lábios se moviam como se cada palavra que dissesse fosse a precessão de um beijo.

— Senhor Sullivan? — questionou. — Você vai anotar?

— Ah, eu só vou fazer uma varredura no local, mais uma vez. Outra viatura deve chegar em breve e você poderá fazer a sua ocorrência.

— Certo — concordou, encarando-me, como se visse algo em mim enigmático demais.

Meu corpo estava adormecido desde que Liz chegara em minha vida. Fazia anos que não me permitia sentir qualquer coisa por alguém. Me fechei em uma concha incapaz de ser aberta. Claro que eu era um cara com um apetite

Aline Sant'Ana

sexual saudável e poderia muito bem passar uma noite com uma mulher — um dos meus irmãos me cobrava muito isso —, mas, por opção minha, decidi que ficaria longe de relacionamentos.

Só que, parado naquela sala, algo a respeito da senhorita Davis fez meu sangue correr mais rápido nas veias. Encarei sua boca, para me torturar, por um minuto ou dois, tentando me lembrar de como era beijar uma mulher, como era ter um corpo com curvas, bem quente, embaixo do meu, e a textura de pele com pele.

Outro erro.

As memórias que busquei, rapidamente, deram lugar à amargura, por saber que o último contato físico que tive foi com uma pessoa que me trouxe muita decepção.

— Se me der licença... — pedi, pigarreando.

— Ah, toda.

Saí dali e comecei a andar por sua casa, reparando nas coisas. Ela possuía vasos de plantas, de todos os tipos e cores. Quadros nas paredes, com traços delicados, deixavam tudo ainda mais feminino. Fazia tempo desde que eu entrara em um ambiente assim. Minha casa, embora parecesse um lar, era masculina; não havia muitos toques femininos assim. Fora que era bagunçada; eu não era um cara muito organizado. Mas a senhorita Davis, apesar de ter sua casa revirada, era claramente uma pessoa preocupada com o ambiente que morava.

— Ele entrou no seu quarto?

— Não — ela me respondeu da sala. — Tudo o que ele poderia levar de valor estava aqui mesmo. Moro sozinha, então, nunca me preocupei em ter um cofre ou qualquer coisa desse tipo.

Depois de alguns minutos, voltei para a sala. A mulher estava sentada no sofá, parecendo desconfortável. Eu me aproximei, andando a passos lentos. Fui abrir a boca para fazer mais um questionamento, mas as sirenes indicando que uma nova viatura estava na rua me fizeram estacar.

— Eu só preciso de um minuto — disse ela. — Pode abrir a porta para os seus colegas de trabalho.

Seu rosto era tão incrível que eu não tinha reparado em seu corpo ou em como ela estava vestida.

Era um pijama de flanela com o fundo branco e estampa de desenho de cabeças de coalas.

Liz tinha um idêntico, em uma versão infantil.

Encontrei com seus olhos.

Ela estava corada.

Lentamente deixei que um sorriso se abrisse nos meus lábios.

— Tudo bem — respondi baixinho.

3
Hanna

A hora seguinte foi cansativa, e eu realmente quis que tudo acabasse para que eu pudesse tentar dormir um pouco e desligar o cérebro de todo o prejuízo que tive. Tudo o que adquiri na vida foi comprado com muito esforço. Meu salário era bom, mas não o suficiente para que eu pudesse esbanjar por aí, como se fosse dona dos hotéis Hilton. Acabara de comprar aquele notebook e, sem ele, o planejamento dos seis meses que fiz para as minhas crianças estava perdido. Apenas o de janeiro estava salvo, no e-mail que enviei para Howard.

— Estamos de saída, senhorita Davis. Qualquer novidade, informaremos — disse mecanicamente o policial que me atendeu em um primeiro momento.

Quando você está com as emoções elevadas por uma situação, existe uma lei implícita de que você absorve os acontecimentos, mas não presta muita atenção neles. É o que dizem sobre noivas em casamentos, que ficam tão nervosas com o dia, que não prestam tanta atenção em cada detalhe como deveriam.

Só que comigo não aconteceu bem isso.

Ao menos, não por muito tempo.

No momento em que o policial Sullivan conversou comigo e se apresentou formalmente, vestido com o uniforme lindíssimo, eu reparei nele de verdade. Deveria ter uns trinta e cinco anos. Cabelos escuros como a noite, barba bem aparada e olhos azul-céu. Seu rosto era quadrado, com um maxilar bem desenhado, e seu nariz harmonizava o rosto de capa de revista. E o que eram os lábios? Grossos, beijáveis... Também tentei não reparar em como ele ficava bem no uniforme ou em como sua beleza casava bem com sua estrutura física, mas, depois de o susto passar, foi difícil fingir que uma aparência daquelas não era capaz de afetar uma mulher.

— Senhorita Davis?

— Hum — murmurei, percebendo que divaguei por tempo demais.

O policial sorriu, mas sem mostrar os dentes. Foi um sorriso complacente, que fez seus olhos sorrirem também.

— Estamos de saída.

— Já fizeram tudo que precisavam?

— Sim.

Olhei para o relógio da parede, percebendo que havíamos passado de uma da manhã. Passei os olhos pela casa e bufei por tudo que foi desarrumado. E tinha a janela, que precisaria ser consertada. É, eu não ia dormir tão cedo.

— Tudo bem — murmurei.

— Você está bem?

— Sullivan, estamos saindo. Você vai depois? — um dos colegas dele questionou.

O policial virou o rosto para o amigo e abriu um sorriso. Observei o gesto, notando uma covinha que se escondia embaixo da barba, mas afundava do mesmo jeito.

— Vou mais tarde.

— Beleza.

Os dois colegas de trabalho do Sullivan tocaram no quepe para mim, em um sinal de até logo, e eu sorri para eles, em agradecimento.

Depois de a porta ter sido fechada, o policial tirou o quepe. Ele passou a mão nos cabelos e reparei no corte. Era muito curto nas laterais, mas bem comprido e cheio em cima. Os fios não eram completamente lisos, tinham uma suave ondulação, que mantinha o comprimento no lugar.

Ergui a sobrancelha e encarei seus olhos.

— Eu não fui porque pensei a respeito da sua janela. Meu irmão conserta essas coisas. Se a senhorita quiser, posso lhe passar o contato dele.

— Ah — sussurrei, vendo que a neve já estava entrando em casa. — Ele poderia vir amanhã?

— Converso com ele.

— Eu realmente não conheço ninguém que faz esse tipo de trabalho. — Sorri.

O policial retribuiu o gesto e pegou o celular no bolso lateral. Apertou algumas teclas e, quando ficou satisfeito, levantou o rosto para mim.

— Pode anotar o número dele?

Fui ao quarto pegar meu celular. Sullivan me passou o número e o nome do irmão, que salvei prontamente. Em seguida, ficou me encarando quando guardei o celular no bolso do pijama de flanela. Corei, pensando a respeito de estar usando um pijama tão infantil em uma noite maluca como essa.

— Eu posso cobrir a janela com um lençol ou algo do tipo, para evitar que alguém perceba que está sem segurança. Ao menos, até amanhã.

— Nossa, tem certeza?

— Não me importaria.

Encarei aquele estranho, um homem que tinha escolhido uma profissão para salvar vidas, e compreendi a razão de querer me ajudar. Mesmo assim, os seus amigos tinham ido embora, e ele ficou. Então, por quê?

Para me deixar mais segura?

Para realmente tampar a janela com um lençol?

— É muito gentil da sua parte, de verdade. Tem certeza de que pode? Em horário de trabalho?

— Estou com o rádio ligado, qualquer coisa serei capaz de ouvir.

— Certo. Do que precisa?

Peguei tudo que eu tinha para que Sullivan conseguisse tampar a janela. Ele colocou o quepe em cima da minha poltrona revirada e, em seguida, tirou a jaqueta pesada do uniforme, ficando apenas com a camisa de manga comprida preta. Percebi que era exatamente igual à jaqueta. Do lado do seu braço esquerdo, quase na altura do ombro, o brasão escrito Departamento de Polícia, com borda dourada, se destacou. No peito, o distintivo com seu sobrenome logo abaixo em uma plaquinha, escrito Sullivan, pareceu muito importante. Reparei ainda mais. No cinto, que servia como coldre para a arma, algemas e outras coisas que ele poderia precisar. A calça, muito justa, que ficou ainda mais agarrada em seu corpo quando se abaixou para analisar a estrutura, me fez estremecer.

— Eu consigo em uma hora. Se quiser dormir um pouco...

— Ah, imagina. Vou ficar acordada.

Ele olhou para cima, encarando meus olhos. Em seguida, desceu para o meu pijama e balançou a cabeça, achando graça.

Ah, Deus.

— Tudo bem.

— Vou fazer um café para nós.

— Eu adoraria, senhorita Davis.

Fui para a cozinha, um pouco pasma porque... tinha um homem lindíssimo na minha casa, e quase me esqueci do notebook e tudo que foi perdido. Fiz o café e tomamos em um silêncio confortável, enquanto o observei trabalhar, atento demais para conversar comigo. Quase uma hora se passou, e ele enfim conseguiu cobrir tudo, impedindo a neve de entrar. Eu achei uma espécie de saco plástico imenso, o que foi bem melhor para a neve do que um tecido, que ficaria molhado.

Sullivan, no fim, ainda me ajudou com a poltrona. Acabei não percebendo o que fomos fazendo, até ele pegar a vassoura e me ajudar com os cacos. Mais uma hora mais tarde, tínhamos arrumado quase tudo.

— Meu Deus, você não precisava ter feito tudo isso.

Ele começou a rir de si mesmo.

— Eu nunca arrumei nada assim.

— Como?

— Minha casa é um pouco bagunçada.

Ri também.

— Não parece que você é desorganizado.

— Mas eu sou. — Me encarou. — E muito.

— Obrigada, Sullivan. De verdade.

Ficamos em silêncio por um minuto inteiro.

— Bom, agora vou te deixar dormir. Espero que tenha ajudado.

— Foi de muita ajuda. Nunca vou ser grata o suficiente. Obrigada, de todo coração.

Seus olhos ficaram presos nos meus. Por um segundo, senti uma angústia pela separação, como se não quisesse que ele fosse embora. Mordi o lábio inferior, me sentindo ansiosa. Não estava acostumada a ser ajudada, muito menos protegida, ou qualquer coisa desse tipo. Também não me sentia mexida há anos; tinha decidido de manter afastada dos seres do sexo oposto. Mas esse homem...

Quase ri, imaginando que esse encontro seria capaz de acontecer em um livro de romance, daqueles que lia com Joy. Ao menos, se fosse uma história, ele poderia me passar seu número ou pedir o meu, dizendo que adoraria me ver e que poderíamos tomar um café outra hora.

— Não precisa me agradecer. — Sua voz soou rouca e muito bonita. Ele fez uma longa pausa, talvez esperando algo ou, ao mesmo tempo, nada. Seus olhos se estreitaram. — Boa noite, senhorita Davis.

É, isso não era um romance.

Sullivan colocou o casaco e o quepe. Ele sorriu e me pediu para trancar bem a porta.

Foi rápido demais.

Assisti-o de costas, caminhando em direção à viatura, quase pedindo para que voltasse e me passasse o seu telefone, e não o de seu irmão.

Sullivan virou o rosto para mim, como se quisesse saber se eu ainda estava olhando-o. Não soube o que fazer, então, sorri e acenei.

Patética.

Ele fez a mesma coisa que seus colegas: tocou na aba do quepe, só que mais lentamente, e virou de costas mais uma vez, abrindo a porta da viatura e partindo.

Quando se foi, meu coração parou o ritmo frenético.

Ele tinha mexido comigo, de verdade.

E eu sequer sabia o seu primeiro nome.

4
Hanna

As crianças estavam eufóricas. Duas semanas de aula, quase três, e tive sorte dessa vez. Todos os alunos estavam apaixonados por mim, e eu por eles. Consegui passar diversas atividades e conquistei a atenção dos pequenos. Me senti aliviada por Howard ter aprovado de primeira o meu planejamento de janeiro e, agora, no meio de um dos meses mais frios em Nova York, era bom ver a sala cheia.

Sobre a minha casa, bem...

O irmão de Sullivan, Jack, consertou a janela em cinco dias. Durante esse tempo, Jack contou sobre seu irmão mais novo, o policial, e o do meio, um empresário. Acabei descobrindo que o homem que me ajudou se chamava Will, e o seu outro irmão, Cody.

E, então, eu soube o nome dele.

Jack era casado, mas não comentou o estado civil dos irmãos. Tinha uma família linda: uma esposa apaixonada e três meninos, um deles já com quinze anos. Ele tentou não falar muito, percebendo que só tive uma espécie de contato profissional com Will, mas, durante os cinco dias, foi inevitável não nos tornarmos algo mais do que conhecidos. Jack teve a doçura de me convidar para jantar em sua casa qualquer dia desses, porém, na hora que respondi ao convite, já com o corpo frio de como Will me fez sentir, decidi que não seria apropriado. Era melhor afastar essa fantasia e continuar a lecionar, longe do perigo dos olhos azuis do policial.

Dessa forma, semana após semana, minha vida seguiu.

Joy soube, claro, de tudo que aconteceu. Disse que estava triste pelo roubo, mas feliz por mim, por ao menos eu ter sentido uma atração física por um cara. Ela torcia para que eu encontrasse um príncipe, assim como ela havia encontrado o dela. Eu já achava que seria difícil. Não tinha vida social e não gostava de fazer qualquer outra coisa além de trabalhar. Salvo os momentos que saía com Joy, para suas festas malucas, não me relacionava com pessoas da minha idade.

A solidão me servia bem.

— Tia Nana — uma das crianças me chamou, cobrando minha atenção.

Sorri para Lindsay.

— Diga, querida.

— Não consigo pintar. Me ajuda?

Sentei-me no chão, ao lado dela, e me ajeitei para que a mesinha em que desenhava pudesse comportar nós duas. Peguei sua pequena mãozinha e tracei dentro da área, mostrando a ela que deveria seguir um padrão, para frente e para trás, e não rabiscando todo o desenho.

— Ah, tá bonito! — a menininha elogiou, seguida de uma risadinha infantil.

Beijei seus cabelos loiros, que cheiravam a perfume de bebê.

— Viu como você é talentosa? — murmurei.

— Senhorita Davis — uma voz masculina me chamou, interrompendo-me.

Olhei para a porta, encontrando imediatamente o olhar urgente de Howard.

— Você pode seguir daqui, Lindsay.

— Tá bom! — Ela me deu um beijo estalado na bochecha.

Me levantei e fui até a porta. De olho nas crianças, fiquei de lado para que pudesse vê-las enquanto Howard conversava comigo.

— Tenho uma aluna para te apresentar. É um caso complicado — falou baixo. — Ela sofreu preconceito na antiga escola, e o pai decidiu mudá-la de ambiente, assim que soube que a filha estava chorando durante as aulas. Bem, a menina tem uma mancha grande na pele, na bochecha, uns tons mais escuros que seu rosto.

Encarei Howard.

— Ela tem uma mancha na pele e é alvo de preconceito?

Aline Sant'Ana

— Você sabe como as coisas são, Hannah. Crianças podem ser cruéis.

— Não as minhas.

Ele sorriu.

— Por isso mesmo quero colocá-la na sua turma. O pai veio conversar comigo, ele quase não tem tempo de ficar com a menina, está esperando uma mudança no horário de trabalho para conseguir ficar com ela. Como aqui é período integral, é o ideal para ele. O homem ama a filha, mas não pode estar com a garotinha o tempo inteiro. É complicado.

Olhei para as crianças pintando com giz de cera, sentindo meu coração apertar.

— Eu sei.

— Pensei que ela poderia começar hoje.

— Eu gostaria de conversar com o pai dela — pedi, porque queria compreender a complexidade de como a garotinha estava afetada. Nada como um pai, mesmo ausente, para saber sobre sua própria filha.

— Tudo bem. Eu posso trazer a garotinha e o pai aqui, para te conhecer?

— Parece ótimo. Qual é o nome dela?

— Elizabeth.

Sorri, porque era o nome da minha personagem favorita dos livros da Jane Austen.

— Obrigada, Howard.

Voltei para as crianças, imaginando que Howard demoraria um tempo para trazê-los e conversar com eles. Pensei em avisar às crianças antes, de modo que compreendessem que uma nova coleguinha estava chegando.

— Meus anjinhos, preciso da atenção de vocês.

Eles imediatamente pararam de pintar, com exceção de Lindsay, que parecia concentrada demais.

— Você também, Lindsay.

Ela largou o desenho.

— Bem, logo teremos uma nova colega para compartilhar brincadeiras e conhecimento. Não é legal?

— Sim! — disseram as vozinhas infantis.

— Ela logo deve chegar. Enquanto isso, quero que continuem pintando.

Me aproximei de Peter, que estava com o cenho franzido enquanto tentava escolher a cor para pintar a roupa do ursinho. Sentei-me ao seu lado e acariciei suas costas.

— Qual o problema, querido?

— Não sei se tá bonito.

— Está sim. No que está pensando?

— Azul ou verde, tia Nana?

— O que você acha mais legal?

Eu queria que ele tivesse poder de decisão, mas também queria que soubesse que tinha o meu apoio para o que quer que escolhesse.

— Azul.

— Então azul será. — Entreguei para ele a giz de cera no tom certo.

Enquanto Peter pegava e voltava sua atenção para o ursinho, a porta se abriu.

A primeira coisa que vi foi uma menininha de cinco anos, com os cabelos bem pretos, ondulados e compridos, caídos ao lado do rosto, tentando esconder a mancha que cobria boa parte da bochecha direita. Ela me encarou, com medo em seu semblante. Abri um sorriso para ela e, relutantemente, fui retribuída. Seus olhos eram cinzentos, uma cor indefinida entre o cinza-escuro e o azul. O nariz, pequenino. Sua pele era branca como a neve. O vestidinho que usava era azul e combinava com ela perfeitamente. Junto da garotinha, um coelho cor-de-rosa era agarrado pela mãozinha, como se fosse seu protetor. Franzi o cenho quando percebi que o ursinho tinha no pescoço um colar de brinquedo que imitava o distintivo da polícia.

E, então, meus olhos subiram.

Uma mão protetora estava sobre seu ombro. Senti meu coração acelerar quando me deparei com o uniforme da polícia. E, acima disso, havia um rosto bem desenhado, perfeito. Um rosto que me visitou nos sonhos, que me impediu de raciocinar direito nas semanas que se seguiram, e que eu estava certa de que nunca mais veria.

O homem estreitou os olhos, como se quisesse ter certeza de que estava enxergando direito.

E, então, como se estivesse surpreso demais para esboçar qualquer outra reação, Will Sullivan sorriu.

5
Will

Em um passe de mágica, o que fiquei martelando por quase três semanas foi descoberto.

O nome dela.

Hannah Davis.

Não fiquei com Hannah quando fez o boletim de ocorrência, e Jack não compartilhou sua experiência ao lado da mulher que protegi naquela noite, por mais que eu perguntasse. Ele disse que, se eu quisesse, teria que lutar. Daquele modo brincalhão dele, tão diferente de Cody. Bem, Jack disse que eu deveria aparecer na casa dela, falando a real, que fiquei mexido e que queria seu número de telefone.

Só que, *cara*... eu era um pai solteiro. Um homem que, depois do que passou, desacreditou que poderia se interessar por outro alguém ou ter espaço novamente para uma mulher. Então, deixei passar. Afinal, atração física é algo que, se você não mantém contato com a pessoa, fica fácil se dissipar. Já me senti assim sobre outras mulheres, e com Hannah não seria diferente.

Só que agora tudo tinha mudado. Hannah, o nome pelo qual o diretor da Pumpkin se referiu à nova professora da minha Liz, era, na verdade, a senhorita Davis. E, se eu tinha pensado que me livraria da atração que senti por ela... estava errado.

Afinal, a veria todos os dias.

Ficamos um tempo em silêncio, bem mais do que seria educado. Liz ficou inquieta, e eu me abaixei para ficar da sua altura. Minha filha sorriu para mim, e dei um beijo em seu rosto.

Desviei o olhar de Hannah.

— Vamos conversar com a sua professora, tudo bem?

Apesar do choque, esse não era o momento para pensar em Hannah. Eu estava preocupado com Liz. Ela passara por problemas na antiga escola, e percebi porque Liz estava ainda mais antissocial do que era e, quando perguntava dos amigos, ela negava com a cabeça, afirmando que não tinha nenhum. Liz também diminuiu seu poder de comunicação, a vergonha que sentia de si mesma se tornando mais forte. Se ela soubesse o quanto era linda, se conseguisse enxergar o que eu via...

— Meu amor... — sussurrei para Liz. Ela piscou, sem vontade de falar. — Você gostou da sala de aula?

Liz desviou os olhos dos meus e encarou os colegas. Com um suspiro, assentiu.

— Tudo bem, então.

Hannah se levantou e deixou sua turma, permitindo que Howard tomasse conta das crianças. Observei-a, enquanto levava Liz pela mãozinha pequena. Fiquei inquieto, pensando no que diria a seguir, mas Hannah parou subitamente no corredor e, ao invés de se dirigir a mim, se abaixou e ficou de joelhos. Já no campo de visão de Liz, Hannah abriu um sorriso lindo.

Minha filha retribuiu, o que foi bem surpreendente.

— Me chamo Hannah. E você é...

— Elizabeth — murmurou, na voz infantil.

— Sabia que existe uma mocinha em um livro, que é quase como um conto de fadas, e ela é uma menina que se apaixona por um príncipe?

— Um príncipe?

— Quase isso. — Hannah sorriu de lado e, naquele momento, percebi que ela queria fazer Liz se sentir importante.

Soltei a mão da minha filha, dando liberdade a ela. Liz deu um passo à frente, ficando mais perto da professora. Observei a interação, sentindo algo no peito, um aperto muito forte. Liz não estava acostumada com presença feminina, exceto pela esposa do meu irmão, Jack. Eu era homem, Cody também, e éramos as pessoas mais presentes em sua vida, ainda que Cody tivesse sua própria casa. Ter uma professora, ao invés de um professor, como era no outro colégio, ia fazer bem a ela.

Um remorso, por saber que meus turnos noturnos nos últimos meses estavam ainda frequentes, por precisar do dinheiro para dar uma vida digna para Liz, como essa escola, me fez piscar mais depressa.

Por mim, estaria com ela durante todos os minutos, todo o tempo.

Cody me cobrava isso demais, alegando que eu não tinha que me importar tanto com o dinheiro, mas com a criação de Liz. A babá não era uma solução. Então, tentei dar um jeito no departamento, de modo que pudesse ter as noites livres e fazer turnos mais matutinos, bem no início da manhã e da tarde. Com um período de estudo integral, Liz ficaria comigo à noite, e eu finalmente poderia estar ali por ela. Não com o mesmo ganho, mas, ainda assim, ser um pai.

E agora tinha Hannah, a nova professora, que eu já conhecia.

Quer dizer, não exatamente. Mas só de me lembrar que Hannah correu atrás do notebook, falando algo sobre suas crianças, soube que ela seria ótima para Liz.

Cara, ela era tudo o que Liz precisava.

— Eu vou te dar uma missão, Elizabeth. Pode ser?

Liz encarou a professora, com atenção.

— Me dê sua mão direita.

Minha linda filha obedeceu.

— Você tem uma pinta aqui, bem perto do dedão, vê?

Eu sabia daquela pinta, beijava-a toda noite quando conseguia colocar Liz para dormir.

— Aham — Liz respondeu.

— Na sua nova turminha, todos são muito legais e vão adorar te conhecer e brincar com você. Mas, se você se sentir desconfortável, preciso que aperte essa pintinha. — Hannah pegou o dedo indicador da outra mão de Liz e pressionou a pintinha. — Desse jeito. Vai ser o nosso código secreto e vou saber se alguém te incomodou. Em um passe de mágica, vou aparecer.

Como no mesmo passe de mágica em que Hannah reapareceu na minha vida.

— Tá bem.

Hannah estendeu os braços, esperando uma resposta de Liz. Minha filha não demorou a se jogar em seus braços, o que era contraditório demais, dado o comportamento que andou apresentando, e deu um beijo estalado na professora. A senhorita Davis finalmente olhou para mim, e eu soube que iríamos conversar.

— Elizabeth, você pode ir para a sala? Fica com o Howard, eu logo mais estarei lá.

— A pintinha — Liz disse, parecendo conformada que a nova amiga apareceria sempre que precisasse.

— A pintinha — concordou Hannah, assistindo minha filha obedecer ao seu comando.

A porta da sala se abriu e, de repente, ficamos apenas nós dois.

— Hannah Davis — eu disse.

— A nova professora da sua filha. — Riu, nervosa. — Coincidências são engraçadas.

— Acho que não existem coincidências — murmurei, observando seu rosto.

Ela era linda, cara.

Suas bochechas adquiram um tom rosado.

— Então... eu preciso que me fale sobre sua filha, para eu poder ter uma noção psicológica sobre ela.

Hannah se sentou no corredor, como se fôssemos colegiais. Eu me sentei ao lado dela, ainda extasiado com sua presença, mas preocupado demais com Liz para deixar qualquer informação escapar. Em cerca de quinze minutos, alternando uma admiração secreta entre sua boca e olhos, contei tudo que ela precisava saber. Não era um cara de me abrir, mas precisei fazer isso. Falei brevemente sobre a mãe de Liz, não entrando em detalhes, e comentei sobre o que minha filha sofreu na antiga escolinha, ao menos o que eu sabia. Assim como disse também a respeito do seu lado antissocial e tímido.

— Certo, eu acho que essas informações vão me ajudar o suficiente.

Obrigada pela sua atenção, senhor Sullivan. — Levantou em um pulo.

Acompanhei seu movimento e fiquei perto o bastante quando me vi em pé.

Hannah observou meus olhos.

— Só isso? — indaguei, erguendo a sobrancelha.

Cara, eu disse em voz alta?

Hannah arregalou os olhos.

Ah, eu disse.

Tomando coragem, abri um sorriso lento. Quase me senti o mesmo homem que fui no passado, o que era galanteador e não tinha medo de dar um passo adiante.

— Fiquei pensando, desde aquele dia que te vi...

Ela suspirou fundo.

— Você quer sair comigo, Hannah? — Dizer seu primeiro nome foi mais íntimo do que qualquer coisa que já fiz na vida.

— Ah, é melhor não. — Hannah piscou depressa.

— Você não quer?

— Não é isso.

Por que eu estava insistindo?

— É o fato de você ser professora da minha filha?

Cala a boca, Will.

— Hum. — Hannah pensou no que dizer. — Também.

Ela não te quer.

Tomado por um impulso, segurei seu rosto com a mão direita. O toque em sua pele fria, contra a minha quente, me fez estremecer por dentro. E então percebi que nunca tinha tocado nela. Sequer em sua mão, em cumprimento, naquela fatídica madrugada.

Vi seus olhos semicerrarem e ela desceu o olhar para a minha boca.

— Tem certeza, Hannah?

Ela fechou os olhos.

Deu um passo para trás.

E piscou forte, bem determinada, indo para longe de mim.

— Tenha uma ótima manhã, senhor Sullivan.

Tentando apenas aceitar seu espaço e seus motivos, toquei na aba do quepe.

Dessa vez, encarei bem seu rosto antes de dizer qualquer coisa.

— Um ótimo dia para você também, senhorita Davis.

Fui até a sala de aula para observar Liz. Ela estava pintando um desenho com uma menininha loira e um menino de cabelos cor de fogo.

Sorri.

E não olhei para trás ao ir embora.

6
Hanna

Vê-lo todos os dias se tornou uma tortura cada vez mais cruel. A atração se transformou em uma coisa mais forte, mesmo que não tivéssemos muitas conversas. Em uma reunião de pais e professores, Will compareceu, e eu não consegui tirar o olhar dele, porque Will ficava indiscutivelmente lindo de uniforme policial, mas fiquei me perguntando como ele seria sem aquelas roupas todas.

E Will não facilitou nada.

Ele conversava comigo de maneira doce e encarava meus lábios como se quisesse beijá-los. E, para ajudá-lo, tinha sua linda filha, por quem eu me apaixonei de verdade. Estava cada dia mais difícil fingir que não queria dizer sim àquele convite. Dois meses se passaram desde então, com Will não insistindo no convite, mas estando presente de outras maneiras. E eu pensei que fui tola em negar, ao mesmo tempo, insegura sobre tudo o que estava sentindo, talvez não tivesse sido de todo errado.

Ele ainda era o pai de uma aluna, afinal de contas.

Observei as crianças dormindo. Era uma tarde de piquenique, contação de histórias e uma pequena soneca de duas horas. Meus olhos foram para Liz — ela insistiu para que a chamasse assim também — e na maneira que ela estava deitada em um colchonete, dormindo profundamente. Liz tinha os traços físicos do pai, parecia uma anjinha. Foi inevitável sorrir.

Mas algo a respeito do seu sono me fez prestar mais atenção nela. Liz começou a se remexer, como se estivesse presa em um pesadelo. Seu dedinho começou a apertar a pintinha, me chamando inconscientemente. Fui rápida até ela e comecei a acariciar seus cabelos cheios. Liz estava com lágrimas nos cantos dos olhos e algo que disse me fez congelar no lugar.

— Mamãe — murmurou.

Ela abriu os olhos, lágrimas apontando nos cantinhos. Eu imediatamente a peguei no colo, fazendo carinho em suas costas, inspirando o perfume de seus cabelos.

— A tia Hannah está aqui, querida. Você está bem.

Elizabeth chorou copiosamente em meu colo.

— Um monstro me pegou.

Peguei seu ursinho, abandonado no colchonete, e entreguei a ela.

— Está tudo bem.

A porta se abriu e, mesmo que não pudesse vê-lo, soube que era Will, pelo perfume amadeirado que entrou na sala. Ele a buscaria mais cedo hoje, por ter tirado a tarde de folga. Como era um dia livre para as crianças, autorizei.

Will se aproximou a passos lentos. Preocupada com Liz, não o olhei. Apenas senti sua presença silenciosa, até ele se abaixar e ficar da nossa altura.

— Papai — ela murmurou, ainda chorosa, e pulou nos braços dele.

Pela primeira vez, ele estava vestido normalmente. Uma calça jeans de lavagem clara e camisa social verde-esmeralda, destacando sua pele. Encarei-o, vendo toda a sua atenção dedicada à filha.

— Novamente um pesadelo, Liz?

— Não sei — sussurrou, para não acordar as outras crianças.

— Papai está aqui. Vou te levar para casa. Vamos comer besteiras, assistir filmes e cantar. Tudo bem?

— Titia Hannah pode ir?

Will me encarou.

— Ela está trabalhando, filha.

— Titia, você pode ir depois? — Seus olhos grandes e azulados me encararam com atenção.

— Eu não posso.

— Por *favorzinho* — pediu com um bico infantil, seu nariz vermelho pelas lágrimas.

Olhei para Will, pedindo ajuda, mas ele tinha um sorriso sacana no rosto, como quem diz que eu teria que sair daquela sozinha.

Não consegui.

— Às seis da tarde, tudo bem?

— Eba! — Elizabeth gritou alto, acordando algumas crianças.

Will colocou o rosto no pescoço da filha, sua barba causando cócegas, o que a fez rir baixinho e pedir para ele parar. Levantou com Liz no colo e me lançou um olhar significativo. Sua voz soou por toda a sala, ditando o endereço.

Sem falar uma palavra além disso, foi até a porta.

Em um ímpeto, corri até eles.

— Will!

Ele se virou, com Elizabeth nos braços.

Entreguei o ursinho para ela.

A menina o agarrou, cheirando-o. Will era esperto. A pelúcia tinha seu perfume.

Novamente, nossos olhares se encontraram.

Em um estalo, alguma coisa tinha mudado, porque o azul dos seus olhos estava ardente e não frio, como normalmente era.

— Te vejo mais tarde, senhorita Davis. — Sua voz soou suave, quase vitoriosa.

Assim que a porta se fechou, voltei minha atenção para as crianças.

Meu coração bateu loucamente no peito.

7
Will

— A Bela e a Fera! — Liz decidiu o próximo filme.

Eu tinha arrumado a casa com Liz. Dei banho nela, coloquei um de seus vestidos favoritos — a pedido dela — e descobri que minha filha queria causar uma boa impressão em Hannah. Com duas chuquinhas, que aprendi a fazer em um tutorial no YouTube, Liz se sentiu muito bonita. E, cara, foi bom ela dizer essa palavra em voz alta, compreender que a mancha em seu rosto era algo que a tornava única. Eu ficava preocupado em pensar na sua autoestima quando crescesse. Mas, por ora, estava feliz com tudo o que Liz conquistou. Tinha voltado a ser falante — comentava quase todos os dias de Hannah e de seus novos colegas legais — e passou a ficar mais tempo comigo, já que alterei meu horário de trabalho. Eu sabia que não supria a ausência da mãe, mas estava fazendo de tudo para ser o melhor pai que Liz poderia ter. Saber que seus pesadelos à noite eram pela ausência da mãe era algo que precisava da minha atenção.

Liz já tinha cinco anos, talvez estivesse na hora de ela compreender que sua mamãe não ia voltar, por mais que isso partisse meu coração, me deixasse muito puto e com ainda mais vontade de protegê-la.

— Eu acho ótimo — Hannah respondeu, confortável no meu sofá da sala.

E tinha isso também.

Percebi que Liz estava apaixonada por Hannah. Ela chamava a atenção da professora como se quisesse que ela aprovasse suas escolhas. As mãos das duas estavam entrelaçadas, com Liz no meio de nós dois. Minha filha colocou o filme na TV e, antes que pudéssemos pensar a respeito, Bela começou a cantarolar na vila.

Olhei por cima de Liz, para Hannah.

Ela estava comendo pipoca, fingindo-se alheia à minha presença, dando toda a atenção do mundo a Liz, quase sem conversar comigo. Por um tempo, quando a via se afastar, pensei que não se sentia atraída por mim e não me quisesse como homem. Mas a dúvida foi se dissipando, porque eu era um policial e sabia ler os sinais.

Hannah queria colocar a minha filha como barreira entre nós dois, sendo que o fato de Hannah passar a amá-la me deixava ainda mais encantado por ela. Isso não me faria recuar, só me dava mais vontade de tomá-la em meus braços, beijar sua boca, tirar cada peça de roupa...

Cara, fazia muito tempo.

Os olhos de Hannah focaram em mim. Ela pareceu ler os meus pensamentos, porque suas bochechas coraram mais uma vez. Mordi meu lábio inferior, bem lentamente, pensando se ela iria acompanhar o movimento. Hannah acompanhou. Suas pupilas brilharam. E eu pensei que não aguentaria mais muito tempo remediando o que estava na nossa cara.

Desde o primeiro dia que a vi, eu a quis.

E acho que a recíproca era verdadeira.

O filme A Bela e a Fera passou enquanto fiquei quase todo o tempo acariciando os cabelos da minha filha e furtando olhares para Hannah. De um filme apenas e uma promessa de que não ficaria até tarde da noite, minha filha colocou Os Incríveis e, depois, Monstros S.A. Liz cochilou no meio do terceiro filme.

— Vou colocá-la na cama — avisei Hannah, baixinho, me levantando.

— Vou embora, então. Obrigada pela companhia, Will, eu...

— Você fica — falei para ela, sem espaço para discussão. — A gente tem que conversar.

— Sobre o quê?

Admirei-a. Sua boca estava entreaberta, com expirações rápidas. Um formigamento começou na minha barriga enquanto pegava Liz no colo, me avisando do quanto estava atraído por Hannah.

— Por favor — pedi e caminhei com Liz até o quarto dela.

Tudo rosa e lilás, com uma cama macia e confortável. Ajeitei Bunny — seu ursinho — nos braços de Liz. Encarei a minha cópia em versão feminina, tão doce, linda e inocente. Deixei o abajur aceso e cobri-a com um edredom quente com estampas de sorvete. Poderia acordá-la para colocar o pijama, mas Liz tinha um gênio forte e ficaria mal-humorada no dia seguinte, talvez até fosse incapaz de pegar no sono novamente.

Encostei a porta do quarto e respirei fundo antes de entrar na sala.

Hannah tinha levado o pote de pipoca para a cozinha e o estava lavando quando me aproximei. Fui até a bancada, furtivamente, e parei em suas costas. O calor do seu corpo passou para o meu. Fechei as pálpebras, experimentando a sensação do seu perfume no ar ao som da água da torneira que não parava.

Assustada com minha proximidade, Hannah deixou o pote cair de suas mãos na pia.

Coloquei as mãos em seus quadris, virando-a. Seu olhar ficou baixo, seu rosto escondido pelo cabelo loiro. Peguei seu queixo entre o polegar e o indicador, puxando-o para cima. Assim que admirei aqueles olhos azuis, que estavam em meus sonhos mais profanos, umedeci a boca, subitamente sedento por ela.

— Eu não posso...

— Mas quer — sussurrei, aproximando meus lábios dos dela.

— Como ass...?

— As evidências. — Minha voz saiu gutural, interrompendo-a. — Sou um policial, Hannah.

Sem quase acreditar, deixei que nossas bocas se encontrassem muito lentamente. Fechei os olhos. Trouxe o quadril de Hannah para mim, sem pensar em mais nada além de possuí-la, protegê-la, guiá-la. Hannah se rendeu, movendo os lábios bem pouquinho, como se estivesse com medo de ser beijada. Sorri contra sua boca, sentindo o mesmo que ela.

Levei a mão direita vagarosamente ao seu quadril, passeando por sua cintura e depois seu braço, tocando seu ombro com a ponta dos dedos, até alcançar o rosto. Angulei para o lado, de modo que pudesse aprofundar o beijo. Minha língua entreabriu seus lábios, buscando movimento. Hannah soltou um gemido tão suave que, se não tivesse uma audição tão aguçada, eu não teria escutado. Brincando com o beijo, girei o contato molhado e quente, experimentando o sabor de sua boca.

Hannah era deliciosa.

Ela me deixou beijá-la, acariciando-a no rosto, apertando forte seu quadril, me movendo para a frente, buscando contato.

Quando dei espaço para olhá-la, observando as bochechas vermelhas e os lábios cor de sangue, ela não me deu tempo para admirá-la mais.

Hannah se soltou.

Agarrou meus cabelos, guiou meu rosto, ditou o beijo com a sua língua. A sede por mim a fez morder meu lábio inferior e, depois, o superior, passeando a língua como uma gata por toda a borda. Rosnei em sua boca, o prazer de fazer algo que há meses queria me deixando completamente louco.

Peguei-a pela bunda, colocando-a sobre a bancada da pia. Sem se importar de estar molhada, Hannah entrelaçou as pernas em minha cintura, trazendo-me para mais perto. Enfiei os dedos em seus cabelos macios, sem parar de beijá-la, querendo-a tanto na minha cama que foi difícil respirar. Fui mais lento com o beijo, tentando esfriar o sangue, mas até com um contato lânguido, Hannah me teve em suas mãos.

E foi exatamente isso que ela fez.

Buscou a parte de dentro da camisa, mal esperando para ter acesso ao calor do meu corpo. Ansioso, fiz o mesmo, levantando sua blusa, sentindo sua barriga lisa na palma da mão. Hannah gemeu comigo, passeando os dedos curiosos pelos gomos, por todos os pelos, conhecendo-me.

Deus...

Arrepiado, cego de prazer, fui em direção ao sutiã, com a boca grudada à dela, mordiscando-a quando invertíamos as posições do rosto. Tomei-a profundamente, me embebedando do seu sabor, conhecendo a textura da sua pele. Hannah soltou um suspiro alto quando invadi a peça de sua lingerie, segurando o bico do mamilo direito entre o polegar e o indicador, esfregando-o, testando seu prazer.

O beijo ficou mais sexual e quase a peguei pela bunda, levei-a ao meu quarto e fiz o impensável, quando Hannah interrompeu abruptamente o beijo.

Ela respirou fundo, bem alto, quase como se tivesse se livrado de mil quilos.

Abri um sorriso preguiçoso para ela.

— Meu Deus, Will — sussurrou e me empurrou um pouco, para tomar distância.

Hannah pulou da bancada e começou a arrumar os cabelos. Eu, culpado por bagunçá-los, nunca os vira tão bonitos.

— Minha chave!

Assisti-a correr pela sala, pegar a bolsa e procurar a chave do carro.

— Hannah...

— Preciso ir embora.

Segurei seu pulso com delicadeza quando me aproximei. Ela estava olhando entre as almofadas do sofá, em busca da chave. Tirei o molho do meu bolso e estendi para Hannah. Ansiosa demais, tentou pegar no ar, mas coloquei longe do seu alcance.

— Sábado. No Irish Pub. Nove da noite.

— Will...

— Vamos conversar, nos conhecer e não tomar qualquer decisão precipitada — falei, sensato. — Vamos apenas ter aquele encontro que não aconteceu.

— Eu não...

— Não diga que não quer, Hannah. Eu já sei a resposta.

Ela demorou a abrir um sorriso. Foi relutante no início, mas depois ela suspirou e se deixou levar.

Para minha surpresa, Hannah segurou meu rosto e deu um beijo lento, apenas um contato, em minha boca.

— Você é difícil.

Meu sorriso se abriu em apenas um lado.

— Dizem que sim.

— Amanhã, então.

Assenti e puxei-a mais uma vez pelo quadril, tomando sua boca de novo, apenas para ter a lembrança durante a noite. Seus lábios relaxaram contra os meus, sua língua vagou pela minha, como se tivesse feito isso a vida inteira. Encaixávamos como se pertencêssemos um ao outro, o que foi meio maluco de constatar.

Surpreso com o que estava sentindo, me afastei.

— Boa noite, senhorita Davis.

Ela piscou um olho.

— Boa noite, policial Sullivan.

8
Hanna

— Você não tem um casamento para planejar, Joyce?

— Ah, fica quieta, Hannah. Se ficar se mexendo assim, vai estragar a trança.

— Você sabe que está sendo exagerada. É só um pub.

— Com um policial delicioso. — Ela continuou a trançar, atenta aos detalhes. — Meu Deus, vocês demoraram, hein?

— Demoramos o quê?

— Para decidirem o que fazer com essa atração. Você escolheu uma lingerie boa para esta noite?

Senti as bochechas aquecerem e fui atrás do chocolate que tinha na penteadeira.

— Joy! — reclamei, de boca cheia.

— Pode ser uma noite de sorte...

— Para com isso.

Minha melhor amiga apenas deu risada.

Uma hora depois, o que Joyce elaborou parecia muito elegante para um pub. Era uma trança embutida, linda e curta, pelo tamanho do meu cabelo, descendo pela lateral sobre o ombro. Também fez uma maquiagem suave, porém os cílios estavam bem volumosos e negros, escondendo a cor original deles. Na boca, um batom vermelho-vivo destacava o tom da pele e o loiro natural dos meus cabelos. Apesar de estar frio lá fora, escolhi um vestido branco, de um tecido suave, que descia nas costas em um decote V profundo. A gargantilha prateada tinha um pingente para as costas, então, ali, estava um detalhe maravilhoso, que fazia toda a diferença. Peguei o sobretudo, rindo de Joyce quando ela me pediu para levar camisinhas na bolsa.

Estava me sentindo nervosa, subitamente ansiosa. Esse era o meu primeiro encontro em anos, desde que terminei com Scott. Também fazia muito tempo que não beijava um homem e, preciso dizer, o beijo de Will superou toda e qualquer expectativa. Aquilo valeu por mil beijos, de mil homens, de uma vida inteira.

E não só o beijo como também o toque, a química, o perfume...

Dirigi pelas ruas de Nova York, percebendo que a primavera tinha feito muita coisa mudar, mas ainda estava fresquinho. Quando cheguei ao Irish Pub, vi que não estava tão cheio. Era um sábado de muita sorte.

Estacionei e entrei, sendo prontamente atendida por um homem que retirou o meu casaco e o acomodou em um canto reservado. Agradeci-o, passeando os olhos pelo local. O teto estava todo coberto de pequenas lâmpadas, que se entrelaçavam nos fios, dando ao ambiente um ar mais aconchegante. O grande bar estava até cheio, mas as mesas, quase vazias. Admirando a área mais isolada, imediatamente encontrei o motivo do meu nervosismo.

Deus do céu.

Will estava lindíssimo. Ele imediatamente se levantou ao me ver, passando as mãos pela calça jeans escura e abrindo um sorriso. Seu suéter era vermelho, destacando seus cabelos bem escuros, levemente beijados nas têmporas por fios brancos, assim como a barba. Os olhos azuis estavam sorridentes e maliciosos quando me aproximei. Will puxou-me pela cintura com delicadeza, fazendo nossos corpos se unirem ao me beijar na bochecha.

— Como está a Liz?

— Com meu irmão, Cody.

Ergui a sobrancelha.

— Ele está em Nova York e se ofereceu para ficar com ela esta noite — acrescentou.

— Não temos hora para voltar, então?

Will abriu um sorriso, os dentes certinhos me fazendo reparar em seus lábios.

— Esta noite é nossa, Hannah.

Will não quis me deixar sentar à sua frente. Ele me quis ao seu lado, para poder me tocar por baixo da mesa. Acabei sorrindo com isso, enquanto o assistia questionar o que iríamos comer. Escolhemos uma porção de onion rings e, para beber, a cerveja artesanal do pub.

Enquanto esperávamos, ficamos admirando um ao outro, sem que palavras fossem necessárias. Parecia que, para Will, assim como para mim, fazia muito tempo desde o último encontro, o que era difícil imaginar. Quer dizer, ele era lindo, solteiro, resolvido profissionalmente, o que o impedia de ir adiante?

— Por quê, Will? — Me vi perguntando em voz alta. Ele franziu o cenho, sem entender. — Por que não se comprometeu antes?

— Vamos para as perguntas pesadas?

Senti as bochechas aquecerem.

— Se não quiser responder...

Ele tocou no meu rosto.

— Eu quero responder.

As cervejas chegaram, assim como as onion rings. Will não tirou os olhos de mim quando fomos servidos e esperou o homem se afastar para soltar um suspiro e falar.

— Eu namorei por três anos a Judith. Fui apaixonado mesmo, louco por ela, apesar de ser completamente diferente de mim. Eu sabia que ela não queria um casamento, como também sabia que desejaria ser livre. Estávamos passando por uma crise no relacionamento, brigas e mais brigas, quando ela ficou grávida da Liz. — Pausou. — Assim que ela descobriu a gravidez, me avisou que iria tirar, e que eu não poderia me intrometer em sua decisão.

Meu Deus.

— Mas, então, Judith perdeu a coragem. Tentei durante todo o primeiro mês convencê-la a não o fazer e, por fim, consegui. Ela disse que não sabia se seria uma boa mãe, mas eu também lhe garanti que não sabia se seria um bom pai. Ficamos juntos por Liz, apesar de todas as discussões. Sentimos o peso de ter que criar uma criança e, para o bem dela, achamos que seria mais fácil juntos. Acontece que Judith, no final da gravidez, estava certa de que não queria ser mãe. Pensei que pudesse estar enfrentando uma depressão, pelo susto súbito da responsabilidade, mas isso não mudou quando Liz nasceu. No aniversário de um ano da Liz, eu acordei e Judith não estava mais em casa. Ela deixou uma carta sobre a bancada da cozinha, dizendo que eu era um ótimo homem, que poderia criá-la sozinha e que não tinha forças para estar com um homem que não amava e não se sentia como uma mãe.

— Will...

Ele piscou, sem mover um músculo, contando a história como se não fosse dele.

— Eu não fiquei desesperado, porque era uma coisa que eu sabia que iria acontecer, no entanto, sem querer admitir isso em voz alta, sabe? Então, naquele dia, peguei Liz em meus braços e chorei ao carregá-la. Não por sentir falta de Judith, mas por saber que ela nunca teria uma mãe que a amasse. E eu fui amado, Hannah, por meus pais.

Engoli devagar e coloquei a mão na sua nuca, acariciando seus cabelos.

— Você a ama.

— Ela é o ar que eu respiro — concordou. — Mas Liz não tem uma mãe.

— Ela não precisa, Will. Ela tem você.

Ele balançou a cabeça.

— Eu nem sempre sou um bom pai.

— Você dá o seu melhor por ela?

— Todos os dias.

— Então você é um bom pai — murmurei.

Ficamos em silêncio por alguns segundos, até Will encontrar sua voz novamente.

— E é por isso que não me envolvi com mais ninguém. Liz é carente de uma presença feminina. Se eu arranjasse uma namorada e terminasse, eu não seria o único a sentir. Me mantive praticamente celibatário todos esses quatro anos que se seguiram, porque não quis que alguém chegasse perto de Liz e a ferisse como a própria mãe dela fez. A proteção da minha filha vem em primeiro lugar, independente das vontades pessoais que tenho.

Eu quis questionar o motivo de ter me beijado na bancada, de ter insistido em nós dois, quando o medo ainda era evidente em seus olhos. Mas decidi que, se aquele era um momento de dizer os motivos de não acreditarmos, até então, no amor, estava na hora de eu abrir o coração.

Contei sobre a minha infância, o padrasto abusivo, o pai ausente... e a minha mãe, que perdi. Disse a respeito dos namorados que tive e, por fim, falei que era mais confortável não me envolver, porque todas as relações que tive — exceto com as crianças e a minha melhor amiga — foram horríveis. Não me sentia segura para me apaixonar, apesar de nutrir um desejo secreto de ser feliz.

E quem não desejava isso?

Comemos, bebemos, descobrimos sobre nossas partes ocultas, coisas que *nunca* são ditas em um primeiro encontro. Will me falou do medo que tem ao criar Liz, da manchinha que ela tem na bochecha e do fato de não ter uma autoestima elevada. Eu falei sobre as minhas crianças e o fato de saber que alguns pais eram negligentes. Will disse sobre sua profissão, o perigo que corre todos os dias e o receio que tem de deixar Liz sozinha, como a mãe dela. Eu disse sobre o sofrimento para conseguir uma carreira e o fato de que a minha era simples, perto da dele, que se arriscava todos os dias para salvar vidas.

Profundamente, nos conhecemos, como se, em algumas horas, fôssemos capazes de sentir que já tínhamos nos visto antes, que já tínhamos tido essa conversa ou que estivemos presentes em todos os altos e baixos da vida um do outro. Não houve conexão sensual ali, foi um diálogo de almas, de melhores amigos, de pessoas quebradas e normais, tentando manter o coração batendo e inteiro, apesar de todos os medos.

Vi em Will um homem que, apesar dos inúmeros motivos que tinha para não estar nesse encontro, fez de mim sua primeira exceção. Vi que ele queria ser amado, queria que alguém se apaixonasse por sua filha, e isso, aos para ele, era pedir demais. Encarei os olhos azuis de um homem corajoso, porque não teve receio em deixar suas cicatrizes à mostra, seu coração aberto. Admirei um homem que queria conhecer o que era o amor de verdade, porque só tinha passado por paixões que não duraram muito tempo, além das decepções.

E, dessa forma, vi Will em mim, assim como me vi em Will.

Talvez, por razões diferentes, porém fortes o bastante para isso não acontecer.

Mas, o que quer que fosse *isso*, pareceu ter engolido todas as razões plausíveis.

No final, quando Will me perguntou se eu queria ir para sua casa, não consegui encontrar nenhuma outra resposta além de um *sim* murmurado. Foi receoso, com medo de ser quebrado, judiado e se tornar um arrependimento, porém esse foi o meu pulo.

O nosso, afinal.

Porque ambos queriam sentir uma razão além das quais já sabíamos.

Uma razão além.

Para nos sentirmos vivos.

9
Will

Acendi todas as luzes e observei Hannah tirar o sobretudo, jogar na poltrona e admirar o lugar, como se nunca tivesse estado em minha casa antes. Abri um sorriso e fui até ela, entrelaçando nossas mãos, sentindo nossas peles. Seus olhos procuraram meu rosto e desceram para a boca.

Sozinhos em casa, não pensei duas vezes antes de me aproximar mais. Desejei beijá-la a noite inteira, pela tortura de tê-la provado apenas uma vez. No entanto, não foi isso que aconteceu, apenas entramos em assuntos profundos, o que me fez desvendá-la antes de sequer tirar sua roupa. Hannah ficou nua para mim naquela noite, e eu soube que, apesar de toda a porcaria da insegurança, nossa situação era irremediável.

Ela seria minha.

Não havia outra alternativa.

Tomei seu rosto calmamente entre as palmas das mãos, encarando seus olhos, pedindo permissão. Ela admirou mais uma vez os meus lábios e foi a deixa perfeita. Cheguei perto. *Bem perto*. Nossos lábios trocaram ar, e os fiz se tocarem. Com a língua, guiei-me para dentro, sentindo sua textura macia, como veludo, me entorpecer. Hannah respondeu bem ao beijo, deixando seu rosto angulado, para que eu pudesse encaixar-me apropriadamente.

O que me fez pensar em nós sem dois sem roupa nenhuma.

Abafei um gemido contra Hannah, que me recebeu com um beijo ainda mais intenso, mordendo minha boca, buscando minha língua. Guiei as mãos para o seu vestido, nas costas, sentindo sua pele quente na ponta dos dedos. Assim que encontrei o zíper, puxei-o para baixo.

Esse som...

Hannah estremeceu quando nos separamos e a peça caiu aos seus pés, ficando apenas de saltos e com uma lingerie completamente branca, de renda, acompanhando suas curvas. O batom vermelho borrado nos lábios me fez vibrar por ter sido o responsável. Ela não poderia estar mais bonita. Ela era única. Voltei a beijá-la, sem espaço para que rompêssemos a química entre nós com um diálogo desnecessário. E Hannah me respondeu de forma pedinte, buscando encontrar pele embaixo das minhas roupas.

Ajudei-a, puxando o suéter para cima. Ela encarou meu peito nu, como se estivesse admirada, me deixando com ainda mais vontade de tê-la. Beijei sua boca, dessa vez com urgência, e fui guiando nossos passos em uma dança trôpega até o meu quarto. Não consegui me conter mais, peguei Hannah pela cintura, jogando-a sobre a cama. Fazia anos que não tinha a visão de uma mulher seminua sobre os lençóis pretos, e precisei piscar para me concentrar.

Analisei suas curvas enquanto tirava os sapatos, as meias e a calça jeans. Hannah tinha os seios pequenos, o quadril largo e a cintura estreita. Me embebedei de sua visão, apenas de calcinha e sutiã; seus saltos tinham ido embora.

Cara, meu Deus, o que eu fiz para merecê-la?

Com apenas a boxer, cobri seu corpo com o meu, tomando cuidado em apoiar os cotovelos nas laterais da sua cabeça, para não pesar. Hannah estremeceu embaixo de mim e, em um movimento de quadris lento e doloroso, imitei a penetração, ainda de roupas íntimas. Rolei os olhos por trás das pálpebras, imaginando como ela seria quente e apertada. Hannah beijou minha boca, como se não pudesse ficar sem ela, e passou as pernas em torno de mim, como fez na pia da cozinha.

Eu soube, naquele momento, pelas batidas do coração, pela velocidade dos acontecimentos e por todas as palavras ditas: estava apaixonado por Hannah Davis.

O reconhecimento me deixou assustado e ainda mais impulsivo, desejando-a tanto, como nunca quis outra mulher. Desci os beijos de sua boca para o pescoço, preocupado em arrancar o sutiã. Por sorte, o fecho frontal foi fácil de ser aberto e, em um segundo, meu polegar estava acariciando em uma rotação lenta o seu mamilo direito. Hannah soltou um gemido, que foi engolido por minha boca, sedenta pela dela.

Senti o calor descer de onde estávamos nos beijando até a cabeça do meu pau, fazendo-o latejar dolorosamente. As bolas se retesaram, e abaixei a cueca, liberando a ereção. Encarei Hannah, pensando se ela daria para trás no momento em que me sentiu entre suas coxas.

Sua resposta foi um arranhar nas minhas costas.

Porra!

Perdido nas sensações, tateei a cômoda ao lado da cama, buscando uma camisinha. Assim que encontrei, coloquei o embrulho metálico entre os dentes, rasgando-o. Protegi a nós dois, voltando a beijar Hannah enquanto o fazia. Assim que senti a camisinha cobrir boa parte do membro, arrastei sua calcinha para o lado, a urgência me impedindo de me afastar para tirá-la. Hannah não protestou, ela queria tudo o que eu estava disposto a dar.

E, Deus, anos sem isso... era demais para qualquer cara aguentar.

Afastei o quadril, apenas para ver se estava tudo certo. Encarei os olhos semiabertos de Hannah. A respiração irregular de uma mulher que me tinha nas mãos e não sabia. Umedeci a ponta do meu pau com sua umidade, experimentando a sensação quente escorregar entre nós.

— Hannah... — sussurrei, raspando nossos narizes. Ela me olhou mais atentamente. — Você está comigo?

Ela passou a ponta das unhas pelos meus ombros e guiou seu próprio quadril para cima, ansiosa.

— Estou aqui, Will.

Entrei devagar, sentindo seus músculos internos se adaptarem para me receber. Ela era mesmo apertada, tão quente e macia... me segurei muito para não começar a fodê-la com força, sabendo que Hannah também estava sem sexo há um tempo. Deslizei a ponta da língua por seu queixo, indo em direção ao pescoço, e, em seguida, ao lóbulo de sua orelha. Mordi-o, devagar, apenas raspando os dentes, chupando-o em seguida.

Ela tremeu, e enfiei ainda mais meu pau, acalmando suas vontades e incendiando as minhas.

— Will...

— Hum.

Embalei devagar, como em uma dança, girando o quadril, pegando mais espaço, entrando nela quase que completamente. Parei quando senti que aquele era o seu limite.

— Você pode se movimentar — ela sussurrou, os olhos lânguidos e brilhantes.

Beijei sua boca e, no momento em que minha língua rodou na dela, comecei a estocar. Entrando e saindo, tomando-a para mim, beijando-a a cada expiração, tendo a sensação de que esse sexo significava muito mais do que parecia.

Depois de um minuto, a urgência de Hannah a fez começar a acompanhar os meus movimentos. Eu ia, ela vinha. Segurei no estrado da cama, precisando de espaço para ver o ponto onde estávamos nos conectando. A cena erótica me fez jogar o quadril ainda mais para a frente, estocando mais rápido, sentindo que Hannah estremecia comigo dentro dela, seus músculos internos, sua vagina molhada, denunciando que gozaria em breve.

Encarei seus olhos, porque precisava vê-la.

Sua trança estava bagunçada, a boca completamente borrada do batom. Ela parecia uma deusa do sexo, louca por mim, me desejando tanto que foi incapaz de resistir.

Assim como eu fui igualmente incapaz.

Hannah arfou, o prazer dela se desfazendo em meu nome. Senti sua pulsação em torno de mim e precisei me segurar muito para não dizer um palavrão em voz alta.

E, então, perdi totalmente a força que me prendia à calmaria.

Estoquei duro, veloz, intenso, dando tudo de mim. Contraí o músculo da bunda, mexendo apenas o quadril, percebendo que Hannah se agarrou a mim, com a boca bem aberta, gritando em outro orgasmo. Acelerei, buscando meu esperado prazer. Ela me puxou, querendo me beijar enquanto me sentia gozar. Ainda mais rápido, balançando a cama pela movimentação, senti o prazer se desfazendo em líquido na camisinha, as ondas longas e quentes denunciando há quanto tempo eu estava sem isso. Grunhi alto, no meio do beijo, até que não restasse nada mais para ser contido.

Nossas respirações arfantes provaram o cansaço. Me apoiei

delicadamente em cima de Hannah, sentindo suas mãos acariciarem meus cabelos, descendo até as costas e pairando na curva da bunda. Ela se manteve respirando forte, até cadenciá-la.

Ainda dentro do seu corpo, de suas curvas, senti Hannah sorrir contra meu rosto.

Fechei os olhos.

E soube que não poderia estar mais apaixonado por aquela mulher.

10
Hanna

Um mês depois

Eu e Will decidimos que não contaríamos para Liz ainda.

Estávamos nos conhecendo, e propus a ideia. Se alguma coisa desse errado, eram nossos corações que ficariam machucados, não o dela. Para sua filha, eu era apenas a professora que casualmente ia em sua casa, brincava de bonecas e assistia a filmes ao lado dela e de seu pai. Nunca ficava para dormir, e eu e Will só tínhamos momentos de intimidade quando Liz ficava com Cody.

Para sanar todas as dúvidas, no começo desse envolvimento, nessa espécie de relacionamento-não-dito, perguntei a Howard se havia alguma política na escola a respeito de professores se envolverem com pais de alunos. Ele disse que não, com um sorriso no rosto, provavelmente já suspeitando de Will. Howard era como um pai para mim, muito amável, e essas coisas, ao que parece, não conseguimos esconder dos mais velhos.

Nem da família.

Will disse que seu irmão, Cody, já estava ciente de mim, e que estava ansioso para me conhecer. Jack suspeitou desde o princípio, segundo Will me contou, e achou que o irmão demorou para dar o primeiro passo. Eu acabei rindo, pensando sobre sua família. Apesar de não terem mais os pais, os irmãos Sullivan pareciam unidos.

Da mesma forma que não conseguimos esconder dos familiares, o mesmo se refere aos amigos.

Joyce ficou tão feliz por mim que pulou por um minuto inteiro na minha casa. Abriu champanhe, como se estivéssemos virando o ano, e eu disse a ela que aquilo era um exagero. Minha amiga me encarou, dizendo que não estava comemorando o fim do meu período de solteira, e sim do início de uma felicidade merecida. Joy me emocionou. Encerramos a noite bêbadas, porque do champanhe fomos para as tequilas, e acabamos ficando doloridas de tanto dançar na sala.

Aline Sant'Ana

— A gente pode tocar nas estrelas?

A pergunta de Liz me fez voltar à sala de aula. Eu estava contando para eles uma história, narrando um livro infantil. Liz sorriu para mim, parecendo mais linda do que nunca. Ela tinha se tornado uma garotinha cheia de amigos e mais confiante em si mesma.

— Nos livros, podemos tudo.

— E conhecer um príncipe! — Lindsay acrescentou.

A história contava o amor entre dois personagens. A menina morava nas estrelas, e o mocinho era um príncipe no planeta Terra. Tinha elementos como amizade, amor, confiança e crença no tempo.

— Inclusive conhecer um príncipe — respondi.

As crianças murmuraram, surpresas.

Continuei a ler, sabendo que o fim da aula estava chegando. Elas murmuraram quando a história acabou, quase no mesmo segundo em que o sino, indicando o fim de mais um dia, soava por toda a Pumpkin.

Acompanhei meus alunos até a entrada, entregando-os aos seus pais. Vi de longe Will estacionando a viatura. Sorri secretamente, sabendo que ele não podia me ver. Me abaixei para ajeitar a blusa de Peter, antes de sua mãe se aproximar.

— Obrigada, querida Hannah — a senhora Hills me agradeceu.

— Imagina, Daniele.

E, de repente, restamos eu, Liz e Will. Ele caminhou devagar até nós duas, carregando algo atrás das costas. Antes de se abaixar para alcançar a altura da filha, piscou para mim e, finalmente se pôs em um joelho, estendendo para Liz uma espécie de buquê. Percebi que se tratava de um falso buquê. Ao invés de rosas, eram ursinhos de pelúcia, amontoados em um arranjo maravilhoso cor-de-rosa e lilás, as cores favoritas da filha.

— Papai! — Ela o abraçou com todo o carinho, agarrada ao seu novo presente. Eram vários bichinhos de pelúcia, de coelhos a sapos, de inúmeras cores. Pisquei, emocionada. — Obrigada, obrigada, obrigada!

— Cadê o meu beijo? — pediu à Liz.

Ela prontamente o atendeu, dando um beijinho estalado na bochecha coberta por uma barba.

Liz correu em direção à viatura, ansiosa para brincar com seus novos bichinhos. Ela abriu a porta sozinha e se enfiou lá dentro, ficando oculta pela altura do banco à sua frente.

Olhei para Will.

Ele colocou as mãos dentro do bolso da calça do uniforme, analisando-me. Suas pupilas pareciam quentes, focadas em mim, e, em seguida, desceram por todo o meu corpo. Fiquei arrepiada só com aquele gesto e umedeci os lábios, lembrando do sabor de Will em mim.

— Estará ocupada hoje à noite?

Olhei para Will, percebendo um leve traço de ansiedade.

— Na verdade, não.

— Pode vir até a minha casa?

Fui além de Will, buscando Liz com os olhos.

— Certeza?

Ele demorou a responder, porque esperou que nossos olhos estivessem colados.

— Tenho certeza absoluta.

Com aquela frase, percebi que Will estava preparando algo, talvez maior do que eu esperava.

Ergui a sobrancelha.

— Chego às sete.

— Perfeito.

Senti meu coração acelerar. Will se aproximou e pegou-me pela cintura, puxando-me para ele. Deixou no canto da minha boca um beijo.

E mil promessas não ditas.

11
Will

— Liz, preciso conversar com você, princesinha. Pode vir aqui?

Ela pulou no meu colo, no sofá, passando os bracinhos por cima do meu ombro, encarando-me docemente.

— O que foi, papai?

Fiz uma pausa, acariciando seus cabelos macios.

— Você gosta da Hannah?

— Eu amo, amo ela.

— Sério?

Ela piscou.

— Você ama ela também, papai?

Engoli devagar.

— Eu gosto muito da Hannah.

— Como um príncipe gosta da princesa?

Respirei fundo.

— Você sabe que o papai nunca teve uma namorada, né? Sabe que o papai nunca se apaixonou por alguém.

— Eu sei, papai.

— Mas o papai está apaixonado pela Hannah. Como um príncipe e uma princesa.

Ela pareceu pensar por um momento. Em seguida, abriu um sorriso imenso.

— Ela vai ser a minha mamãe?

Ai, cara...

Eu tinha explicado para Liz a respeito de sua mãe, em uma manhã, quando me disse que tinha sonhado com ela, mas não foi capaz de ver seu rosto. Falei que sua mãe estava em outro estado, muito longe, e que não voltaria. Seríamos só eu e a Liz, para o resto da vida, sempre. Liz não pareceu decepcionada ao constatar a verdade. Eu não sabia se ela compreendia bem o que significava isso, mas minha filha me abraçou, garantindo que me amava e que não precisava de uma mamãe.

— Ela continuará a ser a sua titia Hannah, professora e amiga, mas também será a namorada do papai. Ela entrará para a nossa família, mas isso não faz dela a sua mamãe.

— Tudo bem.

Eu a virei para mim e dei um beijo na ponta do seu nariz.

— Sempre seremos eu e você, princesinha. Quero que entenda que somos uma dupla, como o Tom e o Jerry, nunca haverá uma terceira pessoa, mas até o Tom e o Jerry, às vezes, têm amigos e precisam deles, não é? Hannah é essa amiga, essa pessoa que estará conosco, mas sempre haverá eu e você, amor. Entende o que o papai quer dizer?

— Mas eles brigam!

Ri.

— É verdade, mas entende que são sempre os dois e que, apesar de aprontarem um com o outro, eles são amigos?

Ela assentiu.

— Eu posso ser o Jerry?

Ri mais uma vez.

— Pode, Liz.

Ela sorriu.

— Eu entendo, papai. Só tem você e eu.

— E agora Hannah, mas ainda seremos uma dupla.

— Legal! — Sorriu.

— Você está feliz de verdade?

Liz apertou minhas bochechas, fazendo caretas no meu rosto.

— Eu estou! Ela vai brincar, dançar e ver desenho comigo. A Hannah é a melhor pessoa do mundo!

Pisquei, aliviado.

— E eu amo, amo ela — acrescentou.

Dei um beijinho no seu queixo.

— E eu amo, amo, amo você.

Liz fez uma pausa, como se uma ideia surgisse em sua mente.

— Papai, você vai se vestir de príncipe hoje, para dizer para a titia Hannah que ela é a sua princesa?

Pensei por um momento na ideia infantil de Liz. Encarei seus olhos azuis, ansiosos. Eu não poderia realizar todos os seus sonhos, mas algumas fantasias que Liz tinha, sim.

— Você ajuda o papai?

Ela saltou do meu colo e começou a correr pela sala.

— Vamos, vamos, vamos! — Me puxou pela mão, levando-me até o meu quarto. — Eu vou te ajudar, papai!

Sorri por dentro, vendo a felicidade da minha filha.

E rezei para que Hannah nunca quebrasse nossos corações.

12
Hanna

Toquei a campainha, sentindo minhas mãos suadas.

Uma sensação me tomou, como se eu soubesse que algo estava para acontecer. Assim que abri a porta, acostumada com Will deixando-a aberta quando eu estava para chegar, percebi que tinha alguma coisa errada. Na verdade, tudo estava fora do lugar. A casa de Will estava uma completa bagunça, com penugens cor-de-rosa espalhadas no chão, velas e um aroma doce de perfume infantil.

Elizabeth veio até mim, em passos longos e calculados, com um vestido lindo, cheio e lilás. Uma música começou a tocar, um ritmo suave e romântico. Não demorei a perceber que se tratava da canção de Encantada, o filme, que vi mais de três vezes com Liz: *So Close*, de Jon McLaughlin. A música durante a qual o mocinho dança com a princesa em um baile mágico, parecendo uma versão moderna de Cinderela.

Pisquei, emocionada, sem saber o que estava acontecendo.

E foi aí que vi Will, saindo do corredor, chegando a passos vagarosos na sala.

Usava um terno justo, com um toque acetinado, todo azul-marinho. A camisa branca estava aberta nos primeiros botões. Seus cabelos estavam penteados, jogados para trás, e úmidos de um banho recente. Ele abriu um sorriso tímido, enfiou as mãos no bolso da calça social e pigarreou.

Se havia qualquer dúvida de que estava apaixonada por ele, esse foi o momento de saná-la.

Liz fechou a porta e puxou minha mão, levando-me até o seu pai.

Ela não ficou satisfeita até que estivéssemos pertinho um do outro. Will, como se já tivesse combinado com a filha, a pegou no colo com um braço. Com a mão livre, segurou na minha cintura, colando-me a eles. Ele assentiu, como se perguntasse se eu estava pronta.

E, então, nós três valsamos.

Meus olhos ficaram cheios de lágrimas, imersos em uma emoção única, sentindo a batida do coração se perder. Will não conseguiu parar de sorrir e Liz colocou a mão no meu ombro. Antes que pudéssemos perceber, nós dois estávamos dançando, carregando a pequena princesa em nossos braços. Olhando-nos, conversando sem palavras, eu senti uma súbita vontade de dizer que os amava.

— Papai — Liz sussurrou, achando que eu não a escutaria. — Fale o que a gente treinou!

Will olhou para a filha, ainda sorrindo. Depois, me encarou, com a expressão mais linda no rosto.

— Hannah, eu estive sem uma princesa por muito tempo — murmurou, ainda valsando comigo e Liz. — Mas, quando a encontrei, no momento em que a vi, soube que aconteceria algo especial. Tentei lutar contra os meus sentimentos, pensei pelo lado racional e imaginei que talvez não pudesse funcionar, por tudo que conversamos, mas somos incapazes de mandar em nosso coração. Ele te escolheu, Hannah. Mesmo que tenha relutado desde o primeiro segundo, fui fraco. E não me importo de perder essa batalha, não quando perdê-la significa ganhar você.

Lágrimas apontaram em meus olhos.

E, de repente, me vi em livro de romance.

— Sou um policial, pai solteiro, um homem comum, mas, quando te olho, me sinto o cara mais importante do mundo, como se houvesse, sim, algo especial em mim. — Fez uma pausa. — Eu e Liz nos apaixonamos por você, perdidamente, e não poderíamos querer outra pessoa. Então, eu te pergunto, Hannah: você aceita ser a nossa princesa?

Gotas salgadas escorreram pelo meu rosto, ouvindo a música de Jon repetir, programada para isso. Admirei os olhos do homem que eu amava, pensando na sorte que tive de encontrá-lo. Nunca um assalto rendeu algo tão maravilhoso. Em seguida, encarei Liz, a garotinha que tinha encantado meu coração com a sua inteligência, doçura e inocência. Ela estava chorando, lágrimas suaves e infantis, emocionada. Beijei seu rostinho, compreendendo a imensidão do que era aceitá-los.

Will não conversou comigo a respeito, porque eu sabia que ele é que deveria tomar a decisão de contar ou não para Liz. E aquela pergunta implícita sobre um relacionamento era a prova de que ele queria algo sério e que, mais uma vez, estava dando um salto.

Por mim, por Will, por Liz.

— Eu não poderia ser a princesa de mais ninguém, além de vocês.

Liz deu um gritinho e pulou em meus braços, separando Will e eu. Fiz carinho em suas costinhas, segurando-a, agarrada em mim como um macaquinho, sem conseguir desviar o olhar de Will. Vi que o policial durão, que combatia o crime durante o dia, estava com os olhos marejados, emocionado ao ver que tinha encontrado uma chance, em meio a tantas provas de que a vida tinha desistido dele.

Talvez Will não soubesse que, ao me proteger naquela noite, estava salvando a nós dois.

Beijei a bochecha de Liz, aninhando-a.

Will sorriu para mim.

— Eu te amo, Hannah.

E ele disse o que estava preso em minha garganta, gritando para sair.

Sem encontrar a voz, apenas mexi os lábios.

— Amo você — sussurrei.

A música se tornou tantas outras que colocamos depois. Me vi dançando com Will e Liz músicas que eles gostavam. Fizemos uma boate em casa, pulando e bailando, como se não houvesse amanhã. Nós três ficamos suados e preparamos juntos o jantar. Fiquei perdida, com o coração preso na emoção de me sentir parte de uma família, e pensei que isso era exatamente o que uma criança precisava.

Nunca vi Liz tão reluzente, segura e apaixonada. Parecia ligada a uma energia incontrolável. Ficamos até depois da meia-noite, dançando, comendo, amando.

Quando o relógio bateu duas da manhã, Liz caiu no sono nos braços do pai.

— Vem comigo — Will pediu, puxando-me pela mão.

Naquela noite, nós três deitamos na cama imensa de Will, com Liz no meio.

Ela, em um sono profundo.

E eu, descobrindo, finalmente, o que significava amar.

Epílogo

Dez anos depois

Escutei Liz rir alto, enquanto o melhor amigo dela a jogava na piscina e pulava atrás em seguida. Era o seu aniversário de quinze anos. Alugamos uma casa na praia, chamamos todos os seus amigos da escola e familiares, e fizemos uma grande festa.

Tentei conter o ciúme ao constatar que o melhor amigo de Liz estava apaixonado por ela.

Claro que Liz não fazia ideia, ela era muito desligada do amor, embora minha filha e Hannah estivessem guardando segredos de mim.

Encarei minha esposa, observando-a em um biquíni quente como o inferno.

Ela levantou os óculos escuros e, com uma expressão inocente, me admirou de volta.

— Liz tá namorando o Daniel? — perguntei, direto.

Hannah riu.

— Claro que não, amor. Por que pensa isso?

Olhei para a piscina mais uma vez.

Rosnei.

— Eles só deram um beijo — Hannah me esclareceu, baixinho.

Levantei imediatamente, quase procurando a arma na cintura, me esquecendo de que estava de bermuda em uma casa de praia e que o moleque não era um criminoso.

Minha esposa, em um salto, ficou na minha frente.

— Você não vai brigar com ele, vai?

Resmunguei.

— Will, isso aconteceria um dia. Hannah já tem quinze anos.

— Ela é um bebê — rebati.

Hannah sorriu, complacente.

— Um bebê? O nosso Yuri já é uma criança, e Hannah é adolescente.

Como se soubesse que estava sendo chamado, Yuri, de seis anos, surgiu no meu campo de visão, com um baldinho vermelho que usava para brincar com a água da piscina infantil. Ele e o seu inseparável melhor amigo, Thomas, filho de Joyce, amiga de Hannah, apareceram com carinhas de espertos.

— Papai, eu posso jogar esses sapos na piscina? — Yuri questionou, erguendo a sobrancelha, me desafiando a discordar.

Pisquei, perplexo.

— Onde você achou isso?

Ele começou a rir junto com Thomas.

E desatou a correr.

Quase corri atrás, pensando se iria primeiro para a piscina para matar o amigo da minha filha ou se corria atrás do pestinha do Yuri.

— Filho, deixe os sapos em seu habitat natural! — Hannah gritou, com o pequeno já longe do seu alcance.

Minha esposa suspirou e passou os braços pelo meu pescoço, acalmando-me.

— Eu vou enlouquecer — confessei para ela.

Jovialmente, Hannah achou graça.

— Por causa de Liz ou Yuri?

— Dos dois.

Em dez anos, Hannah não tinha envelhecido sequer um ano, parecia a mesma mulher que conquistei tantos anos atrás. Coloquei as mãos em sua cintura, sentindo-me aquecido pelo sol do verão... e por ela. Hannah estreitou os olhos, me lembrando que somente esse gesto era capaz de controlar as crianças de Pumpkin. Ela não era mais uma professora, fora indicada a diretora, ganhando um salário muito bom, após a aposentadoria de Howard.

E eu?

Bem, acabei me tornando detetive. Fui promovido há oito anos e, desde então, sou responsável pelos casos de homicídio da minha delegacia em Nova York. Não era bonito de ver, mas meu sexto sentido me ajudou a prender muitos assassinos, tornando a cidade mais segura.

Eu e Hannah estávamos bem de vida e, no final das contas, nenhum coração foi partido. Criamos Liz com todo amor, nos casamos depois de dois anos de relacionamento e, desde então, nos tornamos inseparáveis. Hannah a amava, como se fosse mesmo uma mãe, e parei de me preocupar com denominações. Ela a chamava de mãe, a considerava uma, e aprendi que a relação entre Hannah e Liz não cabia mais a mim, e sim a elas. Hannah ficou emocionada ao ser chamada de mamãe pela primeira vez. E igualmente emocionada na segunda, quando Yuri nasceu e aprendeu a falar.

Beijei seus lábios, imerso em nossas memórias, sentindo seu sabor suave, tão atraído por ela como no dia em que entrei em sua casa, para protegê-la.

Mas o beijo não durou muito tempo, porque Liz abraçou a nós dois, toda molhada e gelada da água da piscina. Hannah deu um grito, e eu comecei a rir, já não tão irritado pela paixão recém-descoberta da minha primogênita.

Nos afastamos, e Liz nos admirou, seus olhos azuis brilhando de emoção.

— Vocês são os melhores pais do mundo, mas preciso dizer que se esqueceram de que está na hora do bolo.

Hannah prontamente abriu os lábios, chocada.

— Será? — indagou, misteriosa.

E, então, um rapaz de vinte e cinco anos, o ídolo *teen* do momento, entrou na área da piscina, carregando o bolo e cantando parabéns. Eu tinha conseguido o contato dele, parcelado em trinta vezes a sua vinda para cá e o cachê, mas, cara, valeu a pena quando minha filha começou a gritar compulsivamente e a chorar, por não acreditar que ele estava ali.

— Ela vai passar mal? — questionei baixinho para Hannah.

A mulher da minha vida estava tão emocionada quanto Liz, embora sem os gritos adolescentes.

— Ah, eu acho que ela está amando cada segundo — sussurrou Hannah de volta.

Liz nos olhou, com os olhos cheios de lágrimas, como se perguntasse se a surpresa foi feita por nós dois. Eu assenti e, ao invés de ela correr para os braços do homem que admirava, veio para os meus, chorando como fazia quando criança.

Ela sempre seria a minha pequena princesa.

Acariciei seus cabelos molhados, vendo que Hannah estava com Yuri já em seu colo. Uma cópia completa da mãe, desde os cabelos até o nariz bonitinho.

E, mais uma vez, como em todas as vezes que aprendemos nesses anos o que era sermos pais, conversamos através do olhar.

Um amor imenso, protetor, apaixonado e indescritível nos rodeava.

E, se eu achava que ele era não capaz de se multiplicar, estava redondamente enganado.

Havia crescido, se expandido, emendando nossos corações como se fôssemos um só.

Como se fosse capaz — e foi — de curar a todos nós.

Fim

"Nós temos aquele

Amor estilo Bonnie e Clyde

Eles dizem que está errado, mas

É assim que você me excita

Nós temos aquele amor do subúrbio

Nós temos aquele amor bom (...)

Garoto malvado, você me faz tomar decisões ruins."

ARIANA GRANDE, "BAD DECISIONS".

ALINE SANT'ANA

SEM FRONTEIRAS PARA O AMOR #2

AUSTRALIANO
Indomável

Editora
Charme

Dedicado à Laís Medeiros.

Entrego Henry nas suas mãos.

E espero que esse homem tão indomável

aqueça o seu coração como ele fez com o meu.

1
Julie

Sábado, 2 de fevereiro

Puxei o vestido curto; não que tivesse algo para ajustá-lo. É que, de repente, aquele ambiente pareceu ser exatamente o que eu precisava para esquecer o casinho de um mês que deu errado. Enfim, ajeitei o vestido *porque* eu precisava ter certeza de que estava bem, que estava bonita. Afinal, havia homens fazendo uma espécie de dança Magic Mike com a música *Reggaetón Lento* em cima do balcão, e fazia muito tempo que eu não via tanta gente sem camisa em um lugar só. As luzes multicoloridas deixavam suas peles de um tom exótico de verde, rosa, azul, roxo, vermelho... quase como se fossem seres de outro planeta.

Encarei-os mais um pouco.

Muito homem bonito por metro quadrado.

O remédio perfeito para lembrar que existia nessa vida algo melhor do que Tom.

— Essa é a melhor boate da cidade! — exclamou minha amiga.

Olhei para um deles, a pele café com leite parecendo roxa sob a luz, enquanto ele mexia os quadris como se houvesse um motorzinho neles.

— É com certeza a melhor boate da cidade, Abigail.

Ela riu, já bem acostumada com o meu jeito.

— Eu sabia que você ia gostar.

Sabe quando você entra em um barzinho e visualiza uma roda de amigos? E então para, analisa, sente o ambiente e uma daquelas pessoas te chama mais a atenção? Não por ser a mais bonita, mas sim porque ela simplesmente não consegue parar de falar, de gesticular alto, de dar risada... e ser *ela mesma*?

Essa sou eu.

A que gesticula alto, que fala pelos cotovelos, a que é impulsiva.

Eu sou a que coloca fogo no parquinho.

Meus pais nunca souberam o que fazer comigo, porque eles são iguais a mim e, embora achassem que a mistura deles daria uma coisa completamente diferente, não estavam preparados para o igual.

Meu pai era um homem importante e tinha um coração maravilhoso, mas era intenso e vívido como eu. Mamãe era uma decoradora viciada em trabalho, também com um coração de ouro, mas tão impulsiva que, antes de falarmos a palavra "vamos", ela já estava de malas prontas.

Se ambos eram caóticos na adolescência e ainda são na fase adulta, eu iria herdar esses genes.

Me lembro que, quando criança, estourei uma parte do encanamento da casa porque cismei que havia um monstro ali. Eu quebrei a torneira, não me pergunte como. Também fazia peripécias como colocar cola no shampoo da mamãe e enfiar uma aranha no sapato do papai. Eu os amava, e esse era o meu jeito de dizer isso. Já na adolescência, não conseguia estudar direito e era bem rebelde. Na fase adulta, isso mudou. Eu meio que me tornei mais responsável, então, vim fazer faculdade em outro país, buscar uma carreira de verdade, ser uma pessoa melhor. E consegui, exceto pela impulsividade, que isso jamais sairia de mim, além também da sinceridade sem papas na língua.

Com uma personalidade tão difícil, durante a vida, conheci pessoas que sabiam lidar comigo... e outras que não gostavam da minha autenticidade.

Os homens, principalmente.

Meu primeiro namorado rompeu comigo alegando que eu era teatral e deveria estar em Hollywood. *Eu nunca usei uma máscara para esconder quem era, babaca.* O quinto falou que eu era a pessoa mais louca que ele já conheceu; o namoro durou dois meses. O décimo... não lembro. Mas o último, Tom... apesar de ter durado só um mês, achei que daria certo, por ele ser quase tão autêntico quanto eu.

Exceto que...

Tom achou que eu poderia entrar em um molde de mulher perfeita quando fosse me apresentar aos pais, quase como se eu tivesse que fingir ser quem não era. Foi aí que percebi que ele mentia para todos, e mudava de personalidade como um camaleão, conforme o que era necessário ser para determinada pessoa.

Foi decepcionante.

Então, a solução: homens bonitos *e melhores* para que eu esquecesse Tom.

Abigail me arrastou para o bar. A festa não estava tão cheia, embora a fila lá fora indicasse que ficaria superlotada mais tarde. Minha amiga e colega de apartamento decidiu que era preferível irmos mais cedo para não enfrentarmos tanta fila e ficarmos bêbadas antes da meia-noite.

Mas isso era só uma ideia.

Chegamos ao balcão de madeira, sabendo bem que era uma noite *open* de bebidas e comidas. Pagamos mais caro por essa regalia e estávamos animadas para beijarmos mais homens do que poderíamos contar nos dedos da mão.

— Tequila, por favor — Ab pediu a alguém, que não prestei atenção, porque estava ocupada olhando os homens dançando.

— Quantas? — respondeu uma voz feminina.

— Duas. Obrigada — disse Ab.

— Quebra essa para o barman aqui. Serve para mim, Alana? Preciso subir — falou outra voz, masculina dessa vez, o sotaque australiano dançando naquele som rouco e sexy, que se sobrepôs à música.

— Beleza — a garota, Alana, respondeu. — Hoje não é o seu dia?

— Só você.

— Que responsabilidade! — eles continuaram conversando.

— Você consegue — incentivou o rapaz da voz bonita.

Não olhei para ele porque, mais uma vez, havia *aquele* homem que dançava na frente de todos os colegas e, mais uma vez, estava com o motorzinho no quadril. Me perdi analisando aquilo; era demais. Como será que faziam? Será que viam tutorial no YouTube ou era um dom de nascença?

Me assustei quando uma sombra passou ao meu lado. Sobressaltada e com o coração pulando, finalmente olhei para o lado direito, oposto ao que Abigail estava de mim. O barman pulou do balcão do bar, fazendo aquela coisa de colocar a mão na superfície e saltar por cima, tão típica de, sei lá, um cowboy?

De repente, ele estava ao meu lado.

Olhei para os seus pés primeiro, para ver se estavam intactos do pulo brusco. Havia um par de Yellow Boots; na verdade, Timberland. Tudo bem com os pés. Fui subindo os olhos para a calça jeans escura e toda rasgada, mostrando uma pele branca levemente beijada pelo sol embaixo. Uma blusa xadrez estilo lenhador amarrada na cintura e uma camiseta preta que poderia ser mais folgada em seu corpo, se ele não fosse forte daquele jeito. Os braços eram do tamanho das minhas coxas, e as mangas curtas da camiseta estavam dobradas, tornando-a quase uma regata. Engoli devagar quando vi uma barba rala de uma semana, talvez. Esse era o meu ponto fraco.

Quando cheguei ao rosto, o que vi me fez franzir o cenho.

Seus olhos perigosos fixaram-se nos meus.

Um sorriso torto na boca de lábios grossos.

Respirei para dizer alguma coisa, um "oi", talvez, mas o homem apenas piscou para mim, impedindo-me de ir adiante, de um jeito que me cumprimentava, ou... *paquerava*. Ele virou as costas, sem nem sinal de se importar com o que eu ia falar, e começou a andar no meio da festa. As pessoas abriram caminho para ele, parecendo natural fazê-lo, como se o homem fosse o dono do lugar.

Mas... o que foi isso?

— Eu não aconselho você a olhar muito — avisou-me Abigail.

Encarei minha amiga.

— O quê?

— Henry Wright. O jeito que você o olhou. Só não o faça, Julie. Território perigoso.

— Você o conhece?

— Aham, ele trabalha aqui. Estudamos juntos antes de ir para a faculdade. Henry é todo problemático. Lindo, mas um caos.

— Eu só *olhei* para ele — retruquei.

— Não faça isso. — Foi seu alerta final.

As tequilas foram servidas por Alana, e virei-me para tomá-las. Alana era bem bonita. Cabelos negros e curtos na altura dos ombros. Olhos azul-claros miraram em mim, e um sorriso despontou em sua boca. Sorri de volta para ela. E, assim que fiz o processo do limão e sal, um arrepio me cobriu. *Ah, que droga!* A bebida caiu no meu estômago queimando. Ab pediu mais uma para cada, que foi logo servida. Acabamos bebendo quatro tequilas antes de sentirmos que estava ótimo, obrigada.

Confissão: eu odiava tequila, mas tomava porque era a única coisa que fazia efeito rápido.

Meu sangue esquentou.

— Vamos dançar! — Puxei Ab para a pista, agarrando-a pela mão, a fim de não a perder.

— Meu Deus, Julie! — ela gritou em resposta, rindo.

Eu ri com ela.

Noite das garotas, baby!

2
Henry

Sábado, 2 de fevereiro

Não era noite de performance, então, pensei em cuidar da parte administrativa da boate, mais um dos meus afazeres. Subi as escadas de dois em dois degraus, percebendo que o Nightclub já estava lotado e não era nem meia-noite. Que louco, cara. As pessoas procuravam diversão o tempo inteiro. Esse tipo de lugar enchia em Sydney, principalmente porque sempre havia muita gente nova, em particular, estudantes de intercâmbio.

Assim que cheguei ao camarote, um grupo de cinco garotas sorriu para mim, e eu retribuí, continuando a sorrir sozinho e balançando a cabeça ao entrar na porta que dava acesso aos computadores. Eu recebia muitas cantadas na boate; já perdi a conta de quantas mulheres levei para a cama após uma noite de casa cheia como esta. As melhores experiências sexuais que tive vieram daqui.

A porta foi aberta atrás de mim assim que sentei a bunda na cadeira.

— Henry... — O tom de voz de Simon, quase um pedido de desculpas, me fez travar no lugar. — Vou precisar de você lá embaixo.

Girei a cadeira de rodinhas, de modo a ficar de frente para o meu chefe. Simon estava sem camisa, a calça social aberta na frente, a cueca branca aparecendo e contrastando com sua pele marrom-clara. Ele estava dançando enquanto eu deixava tudo pronto para Alana lá no bar. Além de ser o dono do Nightclub, o cara dançava pra caralho. Foi ele quem introduziu essa ideia aqui em Sydney: a performance de homens dançando para chamar a atenção da mulherada.

Além disso, era amigo do meu pai. E não se preocupava com boatos nem, especialmente, com quem eu era.

Ele sabia.

Ergui a sobrancelha.

— Não é o meu dia. É por causa do Damon?

— Não, Damon vai continuar. Sou eu que preciso voltar para casa. Minha filha está com febre, acabei de receber uma ligação da minha esposa. Achamos que era só uma gripe, mas...

— Ah, certo — interrompi, já levantando. — Não precisa se explicar para mim, já que é algo com você. Eu ia cuidar da área administrativa, das contas que precisam ser pagas nesse começo de mês, mas posso fazer amanhã.

— Sou seu chefe, Henry, mas gosto de deixar tudo claro. Sobre as contas, eu mesmo cuido disso em casa. Amanhã é a sua folga.

Sorri para ele. Simon era um homem bom.

— Vou me trocar, então.

Ele desceu os olhos por mim, prestando atenção.

— Fique com a calça, as botas e essa blusa de flanela amarrada na cintura. Parece um lenhador de filmes de romance. As mulheres gostam disso.

Gargalhei e me aproximei dele, batendo em seu ombro.

— Certo.

Por um momento, antes de sair, lancei um olhar para trás, encarando os computadores e a janela além deles. Era uma noite perfeita para prestar atenção ao outro lado da rua e fazer todas as anotações que precisava.

Minha expressão se fechou.

— Tá tudo certo, Henry?

Obriguei-me a colocar um sorriso no rosto quando Simon me olhou, preocupado.

— Sim. Eu vou lá dançar.

— Dê o seu melhor.

A garota loira do bar, com os cabelos curtos na altura no ombro, os olhos castanhos, tão sexy naquele vestido curto azul... veio à minha mente. Era uma ótima candidata a passar a noite comigo, caso aceitasse. Quando me encarou daquele jeito predatório, soube que diria algo, talvez uma tirada esperta. Aquela menina tinha um jeitinho de ter fogo correndo nas veias.

Sorri de verdade para Simon.

— Eu vou.

3
Julie

Sábado, 2 de fevereiro

Eu já estava muito louca.

Sacudi os quadris junto com Abigail, que dançou comigo como se não houvesse amanhã. A batida era revigorante, me fazendo esquecer das provas da faculdade, do término com Tom, de todos os problemas que vinham do fato de você simplesmente existir. E, naquele momento, dançando com a minha melhor amiga, foi como se a vida estivesse dizendo *sim* para mim. Sim para o momento que estava vivendo, sim para a alegria de estar solteira e com o coração quase cem por cento desocupado, sim para a vida que me foi dada, sim para a faculdade dos sonhos, a independência, a felicidade de ser quem eu era.

A música foi acabando e, molhada de suor como estava, arfei e sorri para Abigail, que estava tão feliz quanto eu. Ela apontou para a parte em que os homens estavam dançando no começo, quando chegamos. As luzes ficaram acesas e multicoloridas naquela área, prova de que, talvez, o show começaria de novo.

— Eles vão dançar! — avisou Abigail, confirmando minhas suspeitas.

As luzes continuaram acesas quando dois homens entraram. Uma música começou a tocar, uma batida que eu não conhecia. Uma mistura de jazz sensual com música eletrônica. Eles dançavam de uma forma que fez as mulheres gritarem, e sorri maliciosa para os dois. Abigail gritou, chamando-os de gostosos, e eu ri.

De repente, um terceiro homem apareceu. As luzes revelaram o rosto do cara que fez borboletas baterem suas asinhas na minha barriga e em outras partes do meu corpo. *Aquele* homem, o mesmo que pulou do balcão, que me deu uma piscadinha, que era sexy e tão lindo que calou minha boca só ao encarar seu rosto perfeito. Achei que não fosse vê-lo de novo e, francamente, não achei que o cara fazia parte dos dançarinos da festa.

Encarei-o, boquiaberta, estudando seus traços sob a iluminação.

Seus olhos eram da cor de um céu cinzento, se esse tom exato sequer existisse. Nem claros demais, nem escuros como um castanho qualquer. O nariz era fino na base e mais redondo na pontinha. O maxilar forte, coberto pela barba castanho-avelã, no tom dos seus cabelos, me fez estremecer. Ele tinha um corte comum, até. Um pouco mais curto dos lados e mais comprido em cima, talvez uns quatro dedos de altura. As pontas lisas estavam bagunçadas para todos os lados, porque ele parecia gostar de passar a mão pelos fios.

Meu coração estúpido, por causa de uma atração súbita, talvez, começou a bater com mais força.

— Henry! — disse Abigail, chocada. — Caramba, não sabia que ele dançava!

Henry, testei o nome mentalmente, obrigando-me a não esquecer dessa vez.

Ele tinha cara de Henry.

Não tive tempo de responder minha amiga porque a música explodiu na batida.

O barman começou a dançar.

Ele segurou a base da camiseta, sem encarar ninguém em especial, e começou a mexer os quadris, de um lado para o outro, brincando na arte da sedução, uma na qual ele claramente era doutor. Não consegui tirar os olhos dele quando a camisa foi subindo. Vi um vão imenso, que era o mais profundo que já vira na vida. Os músculos do abdômen bem definidos, oito lindos gomos perfeitos. Depois, o peitoral liso. Não havia pelo em nada, parecia que ele tirava exclusivamente para as danças, porque seus colegas também estavam assim. A camisa voou para algum lado da plateia, e as meninas gritaram mais forte. Ele sorriu e, meu Deus, que sorriso era *aquele*?

Safado, libertino, perigoso. O tipo do sorriso que você sabe que, se ficar cinco minutos perto de um homem como ele, é capaz de se apaixonar. Engoli em seco devagar, assistindo ao cara mais gato que já coloquei os olhos dançar como se fosse parte de sua existência. Ele mexia os quadris, ondulava o corpo, mexia-se com uma sensualidade magnetizante. Só de assistir, senti os mamilos

Aline Sant'Ana

endurecerem e a calcinha ficar incômoda porque, meu Deus, meu corpo estava gritando: *"Sim, sim, tenha bebês com ele!"*

Então, os olhos de Henry se fixaram em mim.

Ele ainda estava sorrindo, mas algo mudou. Meu estômago deu um pulo estúpido, e me senti mais idiota ainda quando entreabri os lábios, precisando respirar.

Henry tinha nas pupilas um desejo irrefreável, tornando-o quase selvagem com a aparência de sou-um-vilão-sexy. Nunca pensei, em toda a minha vida, que fosse encontrar esse tipo de homem. Aquele cara que faz você querer arrancar a calcinha, que faz você querer ser inconsequente. Apesar de eu ser naturalmente assim, *esse* homem... *ele estava me deixando com vontade de ser ainda pior.*

E ele era proibido.

Abigail me disse.

Péssima decisão. Decisão errada. Inconsequente.

Existia mesmo algo perigoso em tudo aquilo.

Uma placa avisando: Pare!

Mas eu queria acelerar.

Queria enfiar o pé fundo no acelerador e...

Henry pulou do palco, onde era intocável, e desceu, ainda dançando, entre as pessoas, que abriram mais uma vez espaço para aquele espécime absurdo de homem.

Os olhos predatórios estavam fixos nos meus.

Abigail me cutucou, tentando me alertar que essa era toda a atenção que Henry poderia oferecer alguém.

— O motivo para eu não ficar com ele é grande demais? — perguntei a Abigail, precisando de uma coisa sólida, porque, se ele se aproximasse, como via que estava fazendo, eu cairia em seus braços.

— É forte, Julie.

— Qual?

— Não quero dizer.

Encarei minha amiga.

— Fale, Ab.

Ela suspirou fundo, parecendo resignada.

— Ele é traficante, bandidão mesmo. Tem um histórico terrível relacionado a coisas ilícitas. Ao menos, foi o que ouvi, embora nada tenha sido comprovado. Há algo envolvendo sua família também, uma coisa bem cabeluda que todo mundo soube, mas que não consigo me lembrar. Era terrível.

— *O quê?* — gritei, estremecendo da cabeça aos pés. — Tudo isso?

Ela deu de ombros, parecendo triste por ser a portadora da má notícia.

— Desculpe.

— Isso é demais, Ab.

— Eu sei.

Aquilo não era apenas uma má notícia, era me dizer que o homem por quem eu estava atraída, mesmo que não tivesse trocado uma palavra com ele, era um somatório de decisões erradas. Era dizer que o barman da festa, tão sedutor, poderia ser uma péssima escolha por ter um caráter ruim.

Encarei Henry, o julgamento em meus olhos parecendo refletir como raios em sua direção. Henry parou, como se eu tivesse gritado para ele não se aproximar. Seus olhos pousaram em Abigail, no rosto abaixado da minha amiga. Ele franziu o cenho, ainda travado no lugar. As luzes coloridas cobriram Henry.

Ele me encarou mais uma vez.

E, friamente, assentiu, parecendo *me* julgar agora. Como se eu fosse mais uma entre todas as pessoas que fizeram isso, sem conhecer de verdade a sua história.

Bastou um segundo para me sentir atraída por Henry.

E uma fala da Ab, como um balde de água fria sobre fogo.

Segurei a mão de Abigail e a arrastei para fora da balada infernal.

Homens melhores que Tom, não?, *ironicamente, me alfinetei.*

4
Henry

Terça-feira, 5 de fevereiro

Jogado na cama, comecei a bater a bola de tênis na parede. Fazia muito tempo que eu não recebia um olhar daqueles, bem acusatório, que grita "Bandido!", urrando dor e decepção.

Doeu, cara.

Principalmente porque a menina soube, naquele segundo, na balada, ao lado da amiga, do meu passado. Ou o que ela *achava* que era o meu passado e presente. Demorou para eu perceber que a advogada do diabo foi Abigail, uma das garotas que estudou comigo na escola, mais uma que me odiava sem saber a verdade.

Aquela mancha sempre estaria sobre mim.

Eu nunca teria uma vida normal nessa porra de cidade.

Mas eu tinha que parar de pensar naquilo, naquela mulher, porque certamente nunca mais a veria na vida, então, que diferença fazia sua opinião, se era como todas as outras? E aquele olhar... machucou *pra caralho*. Então, por que pensar? Por que me acusar? Eu sabia a verdade.

Esperava que, cedo ou tarde, todos também soubessem.

Saí do apartamento e decidi que seria melhor espairecer. Precisava comprar umas coisas no mercado. Eu poderia ir no que tinha ao lado de casa, mas não era tão completo. Eu queria algumas coisas específicas, porque pensei em fazer tacos e me entupir de comida. Depois, malhar, só para não me preocupar com as calorias ingeridas.

Meu celular vibrou no bolso da calça. Peguei-o antes de apertar o alarme do carro. Meu coração parou de bater no meio da rua quando vi quem era. Nunca me acostumaria com essa merda; era fora da minha realidade. Só que, cara, tanto estudo sobre isso, o disfarce, o acúmulo de mentiras...

— Tem as informações? — perguntou a voz do outro lado. O sotaque americano e arrastado do Texas me lembrou de que eu o odiava.

Leon era o contato perfeito, embora. Demorei muito para chegar até ele, para conseguir me enfiar nesse meio no qual nunca quis entrar, mas algo precisava ser feito, certo? E o cara sabia bem quem eu era e, assim como todos, achava que eu tinha feito aquilo. Era a única forma de entrar no ramo e se tornar apropriado: ter um histórico criminoso.

Estremeci.

— Ainda não.

— Quando?

— Sexta.

— Preciso que seja tudo datado e com horário.

— Vou fazer — concordei, a voz fria.

— Depois, vamos ao próximo passo.

— E qual vai ser?

— Ainda tem aquele fax que te mandei comprar?

— Tenho.

— Espere nele a informação.

— Tá, mas...

Ele desligou antes que eu pudesse dizer qualquer coisa a mais.

Respirei fundo e entrei no carro. Aquela merda tinha que acabar logo. Não aguentava mais ser duas pessoas, talvez três. O problema é que a dor do luto não me permitia pensar em nada além da vingança.

Cerrei o maxilar.

Eu precisava de respostas.

Encarei o relógio no meu pulso.

As iniciais iguais às minhas:

H.W.

Foda-se a opinião dos outros.

Por que me preocupei tanto com a maneira que aquela menina me olhou na balada?

Havia um objetivo maior nisso tudo.

Dirigi pelas ruas de Sydney, com os prédios altos, a arquitetura mais bonita que já vira, me distraindo das dores de uma vida fodida. Não era de puxar saco da minha cidade, mas ela tinha uma qualidade de vida impensável. Eu poderia estar melhor se não tivesse feito as escolhas erradas, mas quem daria moral para um criminoso?

Cheguei ao mercado antes que pudesse me dar conta de que havia dirigido até lá. Com a mente fora do corpo, desliguei o carro, verifiquei se a carteira estava no bolso e saí. Antes de as portas de vidro se abrirem, peguei um carrinho do mercado e o empurrei distraidamente até passar pela entrada e ir pelos corredores.

Era bom estar sozinho.

Fui enfiando tudo o que eu achava interessante, ignorando a lista de compras. Havia muita coisa boa ali, e eu gostava de estocar as porcarias; nunca sabia quando teria uma emergência do tipo: caralho, preciso de um doce! Então, sorvetes, bolachas, todas as merdas engordativas que, assim como os exercícios físicos constantes, me acalmavam como um bebê no colo da mãe.

Abri um pacote de bolacha e comecei a comer; estava com fome e saí sem café da manhã. Pagaria o pacote vazio quando chegasse ao caixa. Estava com quase todas as coisas que eu queria para os tacos, além de outras inúteis, quando escutei uma voz feminina e sobressaltada.

— Mas que inferno! Eu já disse que não sou obrigada!

Em seguida, uma voz masculina:

— Você precisa me perdoar. — O sotaque australiano, como o meu, ecoou. — Eu sinto sua falta.

— Preciso? — A moça era americana. — Enfie o perdão no seu cu! E a saudade também.

Sorri para aquilo e fui atrás da discussão.

Meus olhos pararam primeiro no cara. Ele era uns cinco centímetros mais baixo do que eu, porém forte também. Cabelo escuro, pele morena-clara, olhos verdes. Era boa pinta, mas parecia perfeito demais. Devia ter algum podre em sua personalidade, fato que deixava claro depois das palavras tão ácidas da menina que o rebateu sem dó.

— Eu fiz merda, talvez merda demais, mas não é um sinal do destino eu te encontrar aqui?

Ela estava de costas, mas eu podia ver: baixa, curvas legais, bunda bonitinha. Seus cabelos loiros eram lisos e não passavam dos ombros.

Estava a uma distância boa para não ser bizarro estar olhando.

Continuei comendo as bolachas, assistindo-os como se estivesse vendo um filme de comédia romântica ruim.

— Eu *terminei* com você — ela atacou. — Que parte do "você é um camaleão babaca que muda de personalidade porque não tem uma própria" você não entendeu?

— Saia comigo mais uma vez, Julie. Eu posso mudar.

Porra, o Camaleão Babaca disse a coisa errada.

Se ela o estava acusando de ser um idiota sem personalidade, era bem ruim dizer o que ele falou. Coloquei mais uma bolacha na boca, sorrindo enquanto mastigava.

Como esperado, ela virou de costas para ele, e a vi revirar os olhos, além de puxar o carrinho e vir na minha direção.

Um soco de esquerda na minha cara, naquele segundo, seria menos chocante.

Mesmo sem a maquiagem e o vestido curto, eu pude reconhecê-la meio segundo depois que se virou. *Julie*, testei o nome que ele a chamou, pensando que era bem doce. Os olhos castanho-esverdeados pareciam dois raios lasers, prontos para disparar no primeiro que ficasse em seu caminho, contrapondo a doçura do que Julie representava.

Os mesmos olhos acusatórios que me atacaram e fugiram de mim na festa.

Desci a análise pelo seu corpo.

Os jeans não deixavam muito para a imaginação, muito menos a jaqueta de couro que usava sobre uma regata branca. Os seios eram relativamente grandes, fazendo aquela divisão no meio, o que me fez umedecer a boca com a ponta da língua.

Encarei seu rosto, esperando o ataque, o reconhecimento. Ela tinha um rosto fino, sem um maxilar quadrado ou coisa assim, apenas delgado e bonito. Elitizado. Seus olhos eram um pouco puxadinhos dos lados; e os cílios, mais escuros que o tom dos cabelos, denunciavam que os tingia. Julie ainda tinha uma boca que, porra, os homens se ajoelhariam para pedir um beijo.

Ergui a sobrancelha, esperando.

Mas ela estava furiosa demais para prestar atenção em outro babaca no corredor.

O Camaleão Babaca não iria desistir. Percebi porque ele, com uma cestinha de mercado vazia, deu passos para segui-la.

Ainda que me odiasse sem me conhecer, senti uma súbita vontade de salvá-la daquela situação.

Então, levei meu carrinho em direção ao dela, assim que vi o cara chegar perto o bastante para pegá-la pelo braço. Fui mais rápido. Quando alcancei a tal Julie, ela arregalou os olhos para mim e abriu a boca para provavelmente me xingar ou me mandar sair da sua frente.

Espera, Julie.

Abandonei o meu carrinho, me aproximei de Julie, passei o braço por seu ombro e parei ao lado dela, com os olhos fixos nos do ex-namorado, ex-caso, ex-noivo, foda-se.

Virei o rosto lentamente para Julie.

Ela me olhava como se não pudesse acreditar na minha ousadia.

Espere só mais um minuto.

Peguei seu queixo delicadamente. Encarei seus olhos, pedindo uma permissão que, pelo choque, ela não compreendeu. Desci o rosto em direção ao dela, fechando os olhos, o que foi um longo caminho porque a menina era baixinha pra caralho, e uni nossas bocas.

Senti um estalo no estômago, como se a bolacha tivesse me feito mal ou, de repente, criado asas. Só uni nossos lábios, em um selinho de reconhecimento, um selinho de: estamos juntos e não precisamos de beijos.

Mas era uma mentira.

Seus lábios eram macios.

E adorei sentir aquilo pela primeira e última vez.

Umedeci a boca quando me afastei, sabendo que o sabor da bolacha de chocolate foi para os lábios dela. Tudo isso em segundos. Admirei os olhos de Julie e vi que eles estavam mudando de cor, para um verde mais intenso, saltando longe do castanho, querendo se exibir. Sem olhar para o Camaleão Babaca, sorri para Julie.

— Me perdi de você no mercado, baby. Não sei o que você queria para esta noite, então, comprei um monte de porcarias.

Ela piscou rapidamente, chocada.

— Julie? — indagou o cara, querendo uma explicação.

Olhei para o Camaleão Babaca e, então, estendi a mão.

— Henry Wright. E você é...?

Ele apertou minha mão, relutante.

— Tom Hedge.

Abaixei os lábios, fazendo uma careta de tristeza.

— Nunca ouvi falar de você.

O cara semicerrou os olhos.

— Eu sou o ex da Julie.

— Ah! — Sorri largamente. — Eu sou o atual.

Tom ficou puto.

Meu sorriso ficou ainda maior, se possível.

— Bom, prazer te conhecer.

— Eu...

Não deixei o cara continuar.

Comecei a puxar Julie com o braço esquerdo e, com o direito, empurrei o meu carrinho. Ela, com as duas mãos grudadas no seu, automaticamente começou a impulsioná-lo também, parecendo sequer ter processado o que aconteceu. Seus passos automáticos e zonzos me seguiram, embora. Pelo visto, Julie estava tão ansiosa para se livrar do babaca que era preferível sair com o desconhecido e perigoso cara da balada.

Quando chegamos ao caixa, ela parou.

Olhou para trás.

Tom havia nos seguido, mas estava a uma distância respeitável.

Entrei no personagem e belisquei a pontinha do nariz de Julie, como se fôssemos namorados. Ela ficou dura como pedra e, dessa vez, seus olhos atiraram em mim, ódio puro no rosto, mas também choque e, talvez, uma ponta de agradecimento.

As bochechas branquelas ficaram vermelhas.

Passei nossas compras como uma só e paguei tudo no cartão. Mesmo apertado, eu podia fazer isso. Percebi que Julie sequer percebeu toda a movimentação, e eu coloquei tudo em sacolas de papel, voltando-as para o carrinho.

Olhei para trás.

Tom fora embora.

— Ele já foi — avisei-a. — Me fala onde está o seu carro que a gente separa nossas coisas no estacionamento.

Saímos do mercado, e fui empurrando apenas um carrinho, parando depois que as portas de vidro se fecharam às nossas costas. Soltei um suspiro e esperei pela explosão de Julie.

— Você é completamente maluco! — ela gritou.

Lá vamos nós.

— Aham.

— Você agiu ali como se fosse um namorado, um caso, sei lá que merda você tem na cabeça, *Henry* — proferiu meu nome como se fosse um insulto —, mas foi totalmente desnecessário aquele beijo!

— Eu te salvei dele.

— Isso você fez mesmo, mas a custa de quê? Você nem me conhece.

Sorri de lado.

— Um beijinho inofensivo e inocente.

Ela bufou.

Como um touro.

— Nossa, *obrigada*, então. Devo começar agradecendo por ter sido tão gentil?

Comecei a rir.

— Porra, sim.

Julie pareceu ultrajada.

— Você é inacreditável!

— Só porque estou na lista dos dez homens mais procurados do FBI *e* ajudo meninas indefesas a se protegerem dos ex-namorados?

Ela piscou.

E deu um passo para trás, parecendo assustada.

— Você está? — Sua voz tremeu. Então, algo passou por seus olhos. — Mas você é australiano.

Ah, cara.

Gargalhei como não fazia há um bom tempo.

— Você... achou... que eu... estou... mesmo... na... — Não consegui continuar, ri tanto que lágrimas saíram dos meus olhos.

Recebi um tapa na cara.

— Outch! — reclamei, parando de rir.

— Você me assustou! — ela rebateu. — Você me assustou *de verdade*!

— Eu não sou um dos mais procurados, relaxa. E lá tem a lista de todas as pessoas do mundo. Americanos ou não. De fato, nunca fui pra lá, nunca fiz nada desse tipo e...

— Mas você é um criminoso! — Seus olhos brilharam, acusatórios e sem medo.

Ela tinha mais bolas do que muitos caras.

— Não sou um santo. — Dei de ombros.

— Também não sou santa, mas isso não significa que eu trafico drogas para ganhar a vida.

Meu sorriso diminuiu um pouco.

Era isso que ela achava que eu fazia?

— Pulamos as preliminares? — Continuei sedutor, erguendo a sobrancelha. — Oi, tudo bem? Sou Henry Wright, vinte e cinco anos, gosto de malhar, comer porcarias, jogar videogame e assistir Netflix.

Ela ficou roxa.

— Não vou acusar você de nada, foi só o que eu ouvi.

— E por isso saiu da festa, certo?

Julie semicerrou os olhos.

— Você queria que eu pulasse em você e dissesse: me mostre sua arma que eu te mostro os meus peitos?

Cacete.

Acho que me apaixonei.

Ri mais uma vez do seu tom de voz impaciente, da sua tirada engraçada, e percebi que Julie havia suavizado a expressão. A explosão que ela deu, de alguma forma, a fez se acalmar. Antes, ela parecia prestes a me dar outro tapa na cara, e não havia medo em sua expressão.

Você não sabe sequer a ponta do iceberg que é a minha vida, quis gritar, dizer toda a verdade, ficar de joelhos e avisar que eu não era um cara ruim, que ela podia jantar comigo qualquer dia desses.

Mas o relógio pesou no pulso, a dor da perda assombrando meu coração, as coisas que fiz deixando minhas mãos sujas. A boca com a qual a beijei, envenenada de mentiras.

Pisquei, percebendo que, em nenhum momento, na pouca interação que tivemos, menti para Julie.

— Eu queria que você tivesse ficado comigo, apesar do que ouviu.

— E isso me tornaria o quê?

Dei de ombros.

— Uma mulher que faz o que quer e pouco se fode para a opinião dos outros?

Ela pensou um pouco.

— Eu sou essa pessoa.

Sorri.

— Pelo visto, não tão inconsequente assim.

Julie sorriu.

Um sorriso de boca inteira. Dentes perfeitos, contrastando com a boca bem rosa. Um vento atípico para o verão fez seus cabelos balançarem, e ela enrugou o nariz bonitinho, parecendo odiar o clima incerto. Estávamos em fevereiro, era para ser verão em Sydney.

— Talvez não tão inconsequente assim — concordou.

Ficamos um tempo em silêncio.

Eu admirei aquela mulher.

Tão bonita, tão bem-humorada.

Se vivêssemos outras vidas...

— Me passa o número do seu telefone? — pedi, sem pensar.

Se eu tivesse pensado, lembraria que precisava terminar a merda em que tinha me enfiado, que não poderia colocar Julie nessa bagunça que eu chamava de vida. Se eu tivesse pensado, não teria pedido seu número, porque não poderia chamá-la para sair. Nessa vida, ter alguém significa ser fraco.

E eu já perdi alguém.

Mas havia uma coisa sobre ela, uma coisa que eu não conseguia nomear, algo que me fazia desejar pular a parte ruim e ir para a parte boa, apenas para poder beijá-la.

Direito, dessa vez.

— Não posso, não seria certo — ela murmurou, mas a dúvida fez sua voz sair incerta.

— Você não pode e não seria certo. — Estudei sua frase. — Mas quer?

Ela piscou rapidamente duas vezes.

Desceu os olhos por meu corpo, ignorando o carrinho e as compras.

Vi desejo ali, dançando naqueles olhos que mudavam conforme a luz. Eu era malhado, tinha um corpo foda, não apenas porque precisava estar em forma, mas também porque eu queria comer coisa gostosa e não me preocupar com estar com uma barriguinha indesejada.

Julie subiu lentamente o olhar para o meu rosto.

— Que se dane, Henry. É só um número, certo?

— Talvez não seja só um número — confessei, sabendo bem que era mais do que isso. Por alguma razão, não consegui mentir para ela.

— Cadê o seu celular? — Me ignorou.

Tirei o iPhone do bolso justo da calça jeans e estendi para ela.

— Senha: dois, três, zero, três, nove, quatro.

Ela digitou rapidamente.

Ergueu a sobrancelha, parecendo sacar alguma coisa.

— Seu aniversário?

Sorri.

— Meu Deus. — Rolou os olhos. — Como você é óbvio.

— Todos nós somos.

Julie estendeu o aparelho para mim. O seu contato apareceu ali, junto ao nome completo.

Lindo, como ela.

Julie O'Hare.

Encarei-a e guardei o celular no bolso.

— Qual é o seu carro?

— O Mazda sedan. Vermelho. — Apontou. — Aquele ali.

Nós ficamos em silêncio do momento em que chegamos ao carro ao instante em que ficamos estudando as compras para separar o que era meu e o que era dela. Colocamos tudo o que pertencia a ela no porta-malas de Julie.

E percebi uma coisa: é incrível como podemos saber sobre as pessoas só ao ver o que elas compram. Julie parecia ser diabética ou, ao menos, odiava açúcar. Todas as coisas que pegou eram zero açúcar e havia um adoçante também. Além disso, ela parecia cozinhar direito, porque entendia de temperos e todas essas coisas. Julie franziu a testa quando viu as minhas besteiras.

— Tacos para hoje?

Ergui a sobrancelha.

— Quer vir jantar comigo? — tentei, mesmo sabendo que ela negaria o convite.

Julie semicerrou os olhos.

— Muito cedo, Henry.

— Anotado.

Ficamos sem saber o que fazer depois disso. As mãos de Julie se enfiaram nos bolsos traseiros da calça jeans. Ela focou os olhos tão destemidos em mim, como se quisesse ver por trás da minha pele todas as coisas que disse, tudo o que eu era.

Quem é você?, a pergunta ecoou em seus olhos.

Para Julie, um completo estranho, por quem ela casualmente estava se sentindo atraída. No entanto, havia algo em sua expressão que denunciava uma coisa bem importante, além da pergunta.

Não importava o que sua amiga disse sobre mim.

Os fatos que não neguei.

Ela queria criar sua própria opinião.

E se eu não fosse tão tóxico, tão fodido e um completo babaca, *pensei, analisando-a,* talvez eu pudesse mesmo me apaixonar por ela.

5
Julie

Sexta-feira, 15 de fevereiro

Henry: O que você acha sobre extraterrestres?

Encarei a mensagem estapafúrdia de Henry e comecei a rir. Ele era completamente louco, exatamente como eu. Estávamos mandando mensagens um para o outro, nos comunicando à distância, sem uma ligação sequer, sem uma coisa mais profunda. Na verdade, o que estávamos dizendo era nada mais, nada menos, do que descobrir nossos conceitos sobre a vida. De uma forma estranha que eu, sinceramente, me peguei gostando.

Me joguei no sofá, sozinha no apartamento.

Eu: Acho que somos muito prepotentes em achar que, em algum lugar desse universo, não existe outro tipo de ser, de qualquer forma que for.

Henry: Você está com uma pontuação de 152 perguntas respondidas de forma certa.

Ri.

Havíamos feito perguntas aleatórias um para o outro. Acho que nunca conheci alguém tão bem, porque essa era a forma mais próxima de você entender a personalidade da outra pessoa, e nunca fiz um jogo de quizz com qualquer namorado, ficante, amigo...

Henry gostava de se exercitar, a série favorita dele, no momento, é Dark. Ele não é religioso, mas acredita que existe uma força maior. É de Áries, a posição sexual favorita dele é quando a mulher está por cima. Nunca consegue ficar sem rir quando escuta piadas idiotas, tipo as dos pontinhos. Já chorou em um casamento, perdeu a identidade mais de sete vezes, já foi assaltado duas, e fez um ménage. Além disso, não comentava sobre sua família, parecia haver uma mancha nesse quesito ou um limite que ainda não podia ultrapassar. Henry tinha três empregos em um: dançarino, barman e assistente administrativo do dono da boate Nightclub. Acontece que, nas horas vagas, ele era algo que eu ainda não sabia nomear. Traficante parecia apenas uma acusação da Abigail. Com o que quer que Henry trabalhasse, era perigoso. Talvez mais ou menos do que Ab achava que ele era.

Por que ele não parecia perigoso para *mim*?

Eu: E quantas perguntas foram feitas?

Henry: 152.

Eu: E isso significa o quê?

Henry: Que você é a mulher da minha vida e que vamos ter seis bebês. Sendo três deles, trigêmeos.

Eu: HAHAHAHAHA! Cala a boca, Henry.

Henry: Você podia calá-la, para começarmos a treinar os nossos nenéns.

Como seria o beijo de Henry? Um beijo de verdade? Um beijo com língua, com toques, com mãos bobas? Ele deveria ser incrível, e o fato de eu ficar idealizando isso me fez demorar a respondê-lo.

Eu: Essa é a cantada mais velha do mundo. Deviam usar isso na época medieval.

Henry: Não importa porque, nesse exato momento, você está imaginando como seria me beijar direito. Com língua, mordidas e beeeem lentamente.

Eu: Não estou.

Henry: Tsc. Tsc. Pensei que não haveria mais segredos entre nós.

Eu: Várias coisas não foram ditas.

Houve uma pausa que durou longos minutos antes de a resposta de Henry vir.

Henry: Você quer saber o que eu faço?

Talvez eu não quisesse saber de verdade. Talvez não estivesse pronta para o que quer que Henry escondia. E eu não era pudica, certinha, perfeita, mas, se fosse algo terrível, eu não teria coragem de continuar a conversar com ele. Mas, no momento, você não quer deixá-lo ir, *acusou uma voz na minha cabeça.*

Eu: Acho que não quero saber.

Henry: Vou te dar uma coisa para pensar.

Eu: O quê?

Henry: Em uma escala de zero a cinco, o que eu faço, acho que moralmente, poderia ser considerado um dois. Não é ruim, Julie. Quer dizer, é. Eu não faria, se tivesse escolha. Mas não mato pessoas por prazer, não sou um assassino em série, não trafico drogas. Eu só... faço algumas coisas erradas. Isso faz você dormir mais tranquila à noite?

Eu: Você é um capanga do mal que bate nas pessoas quando não pagam seu chefe?

Henry: Meu Deus, quantos filmes de ação você tem visto?

Eu: Eu consideraria isso um dois.

Henry: Então é um três.

Eu: Você não está me ajudando.

Henry: Não quero mentir para você.

Eu: Então não minta.

A mensagem dele demorou a chegar. Achei que não iria mais me responder. Então, fui tomar banho. Eu tinha um trabalho extracurricular em alguns dias da semana na faculdade à noite e também precisava estudar com o grupo de Economia, matéria que sempre me pegava nas provas.

Fingi que o celular não era importante, caminhei pelo apartamento que dividia com Abigail e entrei no chuveiro. Ela estava trabalhando, o que me deixava mais livre.

Meu coração apertou.

Eu não tive coragem de contar a Ab o que aconteceu depois da festa, o fato de ter reencontrado Henry, ter passado o meu número para ele e, especialmente, a respeito da proximidade que tivemos pelas mensagens absurdas, de dias e dias de contato direto, mais de doze horas por dia em comunicação imediata.

Me acostumei com um bom dia dele. Me acostumei com uma pergunta estranha que me faria gargalhar toda vez à tarde, além de suas reclamações a respeito do trabalho "normal" que ele fazia no Nightclub.

Se eu contasse a qualquer pessoa, me diriam que Henry era uma decisão errada, que isso era tão equivocado que eu poderia me enfiar em uma enrascada que não teria como sair. Meus pais, ainda que eu já fosse maior de idade, me mandariam de volta para os Estados Unidos, achando que enlouqueci de vez.

Não era uma mulher adoradora do perigo iminente.

Só que havia algo em Henry.

Uma coisa que não me deixava ir embora.

Quando voltei para a sala, ainda de toalha no corpo e no cabelo, vi a luz do celular acesa, denunciando que havia uma nova notificação. Meu coração saltou, porque eu sabia que era uma mensagem de Henry, e o que quer que ele tenha respondido me fez ter medo de visualizá-la.

Ah, que se foda.

Henry: Você pode falar comigo agora, se quiser. Se me disser que não quer mais estas mensagens, eu paro imediatamente de mandá-las. E esqueço a atração que vi em seus olhos dias atrás, esqueço você. Porque, por mais que isso só seja uma conversa por celular e que estejamos nos aproximando pra caralho, não quero te enfiar na imundice que é a minha vida. Só que, cara, eu sou um pouco egoísta, Julie. E não vou parar de falar contigo por minha causa. Não vou porque não quero. Só se você quiser. Uma palavra, e vou embora para sempre.

Uau, eu não esperava por essa.

O celular apitou de novo.

Henry: Você tem sido a melhor coisa que me aconteceu em três anos, Julie. Mas eu vou parar, caso queira. Só me deixe saber.

Não consegui responder, porque sabia o que era certo, mas meu coração queria o errado. Então, precisava pensar de forma racional. Talvez, se eu soubesse os segredos de Henry, poderia seguir com a vida e balancear sobre o que seria perigoso ou não para mim.

Havia um futuro no horizonte.

Um que não cabia um homem envolvido no crime.

Um que poderia ser destruído se eu me permitisse escolher o errado.

O celular vibrou no meu colo.

Henry: Nos falamos na segunda-feira. Pense, Julie. Até lá, vou te deixar em paz.

Eu: Vou pensar.

Henry: Aproveite e pense nessa pergunta também. Quero a resposta na segunda-feira em cima da minha mesa.

Era uma analogia a um chefe mandão, claro. Vi que Henry digitou por alguns segundos antes de a mensagem chegar.

Henry: Se você pudesse escolher entre: a) Ser esposa do Chris Hemsworth, b) Ter a vida milionária do Homem de Ferro, c) Ter os superpoderes de todos os Vingadores juntos ou d) Ser adotada pela Rainha da Inglaterra. O que você escolheria?

Gargalhei demais com o questionário. Era uma pergunta para ser pensada por vários dias, e Henry sabia disso.

Encarei o celular.

O maldito tinha o dom de tirar um sorriso do meu rosto.

Por que ele tinha que ser um problema?

6
Henry

Segunda-feira, 18 de fevereiro

Julie sabia ser cruel. Ela não me enviou mensagem o dia inteiro, e eu nunca esperei tanto por uma resposta. Já passava das dez da noite, e eu não conseguia dormir, mesmo sabendo que teria que acordar cedo no dia seguinte.

Eu e Julie não tínhamos saído ainda, não era a promessa de um relacionamento, nem a iminência de que daria certo nós dois. Julie tinha uma alternativa. Encerrar tudo antes de começar, antes de se enfiar na merda que era a minha vida ou... tentar. Um jantar. Um encontro. Podia ser que todas as semelhanças que tínhamos eram apenas a atração nos fazendo flertar com mais vontade; o que eu duvidava. Podia ser que nem seria tão perfeito assim, a química.

Encarei o celular.

Nenhuma nova mensagem.

E eu estava tentando enganar a mim mesmo.

Nos encaixávamos perfeitamente.

Seria foda pra caralho.

Mas, na vida de um cara como eu, não havia espaço para uma mulher.

O celular vibrou.

Abri a mensagem na velocidade da luz.

Porra, era um textão.

Julie: Oi! Bom... eu pensei esses dias, Henry. Pensei no motivo que me fez virar as costas e ir embora naquela festa: o medo de você ser uma decisão ruim. Também pensei no motivo de ter escutado minha melhor amiga quando ela me avisou que, de fato, você era um problema com P maiúsculo. Da mesma forma, balanceei a razão de ter ignorado o aviso que você me deu no estacionamento do mercado, alertando que eu poderia ou não passar o número, que você não era uma pessoa cem por cento certa. Só que a razão de ter te passado o meu número e dar uma abertura me atingiu com força. Eu posso dizer a mim mesma que o motivo de não testar isso é mais forte do que a vontade de fazê-lo, mas vou estar mentindo. O medo é apavorante, mas a vontade é igualmente forte. Não tenho tempo de jogar com as pessoas (eu nem gosto disso). Posso falar que você é uma droga de ser humano, mas a verdade é: não te conheço. Quer dizer, sei do Henry que você me deixou ver, o Henry cheio de luz, piadas engraçadas, impulsivo e sexy. Só que não sei quem é o Henry por trás das sombras. Sabe como eu te vejo? Por enquanto, como um ser indomável. Quase um cavalo selvagem a pleno galope... e, por mais que seja louco, eu quero acompanhar essa corrida.Me deixe saber quem você é, para que eu possa decidir dar largada ou não. Tudo, Henry. O Yin-yang Só vou topar dar uma chance e um jantar se você aceitar me contar todas as partes boas... e as partes ruins.É isso.

Fiquei um tempo encarando a resposta honesta da Julie.

Eu tinha todos os motivos para não confiar nela, porque não a conhecia e o que eu fazia era um jogo perigoso. Da mesma forma, Julie tinha todas as razões para desconfiar de mim, porque eu poderia mentir para ela e era o cara errado dessa equação. Sentia que eu era o número negativo. Não adiantava somar, eu acabaria subtraindo a ela, acabaria fazendo isso enquanto ainda estava com essas pendências para resolver.

Em hipótese alguma eu desistiria de algo que estava construindo há árduos três anos. Também não estava disposto a desistir da Julie.

Um voto de confiança, certo?

Era tudo que eu precisaria dar a nós dois.

E testar.

Henry: Sexta-feira às sete da noite. Vista-se casualmente.

O celular apitou e vibrou.

Julie: Ok.

Ia me levantar para tentar deitar. Um sorriso idiota estava na minha boca, e eu não quis me perguntar o que era aquilo, porque não estava pronto para a resposta.

Julie: E eu queria ter a vida milionária do Homem de Ferro. Com isso, eu seria um Vingador, não teria os superpoderes, mas teria a armadura. Claro que isso anularia o lance do Chris Hemsworth, porque ele é hétero e o Homem de Ferro também, mas poderia pegar uma mulher gata, certamente eu conseguiria quem eu quisesse e, sendo homem, isso seria bom em outra vida. A Rainha da Inglaterra? Seria minha melhor amiga da vida. Então, com certeza seria condecorada de alguma forma, quase fazendo parte da realeza britânica. Parece bom para mim.

Joguei a cabeça para trás, rindo.

Henry: Você é a mulher da minha vida, Julie. Tire print do que eu estou dizendo.

Julie: Um jantar, Henry. E a verdade.

Henry: E se você compreender as minhas razões e aceitá-las mesmo assim?

Julie: Suponho que você será a melhor-pior decisão que já tomei na vida.

Henry: Parece bom pra mim.

Sorri como um adolescente idiota quando digitei uma cópia de sua última frase da resposta perfeita para o enigma que dei a Julie.

Como eu era otário.

Estava mesmo caidinho por aquela mulher.

7

Quarta-feira, 20 de fevereiro

Estava frio às duas da manhã. Estalei o pescoço, cansado pra caralho. Olhei para a planta do edifício à frente da Nightclub, pensando que essa era a loucura mais idiota que já fiz na vida. Mas eu precisava descobrir, precisava saber, eu precisava de justiça.

O peso do relógio pareceu triplicar sobre o pulso.

Leon me enviou a segunda parte do plano, e eu estava pronto. Havíamos estudado isso, a fim de aplicar o golpe perfeito. Eu fiz uma troca justa com ele, e esperava obter a resposta, mas também precisava de um plano mais elaborado, uma garantia de que sairia disso com vida, porque Leon poderia pegar o objeto e dar um tiro no meio da minha testa.

Simon parou nas minhas costas, a mão dele sobre o meu ombro me fazendo pular da cadeira.

Ele sabia, não julgava, disse que faria o mesmo se fosse eu.

Meus pais não queriam olhar na minha cara.

Diziam que eu acabaria morto, como o meu irmão.

Cerrei o maxilar, com raiva.

— Você tem certeza, filho? — indagou Simon.

Não respondi.

Ele puxou a cadeira, sentando-se ao meu lado.

Seus olhos suplicaram.

— Me deixa ir com você.

Encarei aquele homem que era mais pai para mim do que o meu próprio.

— Não posso fazer isso. Você tem uma filha.

Simon não discordou.

— Como vai funcionar?

Ri, sem humor.

— Eu vou entrar lá, pegar aquela merda, entregar aos caras. Eles vão me dar um nome.

— Você sabe que eu apoio você, sabe que eu faria tudo para que isso sumisse, mas como confiar em Leon?

— Não confiando.

— Faz tempo que você está pulando de galho em galho atrás desse nome. Tem horas que sinto que está indo atrás de uma ilusão, de algo que nunca vai chegar, de uma resposta que não tem como ser dita em voz alta, sem que o vento pegue e a leve, Henry. Eu não sei como você faz isso, já te disse que faria o mesmo, mas não quer dizer que não me preocupo. Você pode acabar indo preso por isso, sem encontrar a verdade que tanto procura.

— Eu vou encontrar, Simon. Estou tão perto.

— Tudo o que você fez...

— Policial nenhum faria — completei.

Ele assentiu, sabendo bem do que eu estava falando.

— Qual entrada você vai usar?

Fiquei quase duas horas explicando a Simon, amigo do meu pai, *meu* amigo, o que eu ia fazer naquela noite fatídica do dia primeiro de março. Era a única oportunidade que eu tinha, a última que eu tinha. Quando Simon disse que não havia mais alternativa, ele estava certo. Esse era o último tiro de um revólver com a última bala restante. Revirei essa cidade do avesso, bati em pessoas em busca da verdade, me envolvi com os piores criminosos de Sydney, que não eram muitos, porque a cidade era protegida pra cacete, mas eu não desisti.

Agora...

Agora eu não poderia errar, não havia espaço para errar.

A culpa me corroeu, pensando em Julie quando Simon me deixou sozinho, trabalhando em seu escritório, alimentando uma besta vingativa que se espalhava em meu coração como nanquim sobre a água.

Ela aceitou saber toda a verdade.

Eu estava preparado para contar?

Estava pronto para dizer quem era?

Encararia a mesma cara de desprezo que vi naquela festa, a que sabia que Julie era capaz de expressar. Ela ia se levantar da mesa, virar as costas e ir embora. E Julie seria a quarta pessoa a me deixar. Porra, eu estava tão sozinho, que isso seria a minha morte.

O relógio pesado me acusou de já estar morto há mais tempo do que podia dizer em voz alta.

O que você tem a perder? Pegue-a, use-a, você não sabe o que renderá, *disse o diabo sobre o meu ombro esquerdo.* Se conquistá-la, você irá saber como sua vida pode ser depois disso. Você merece ser feliz. Ela te faz sorrir, *avisou o anjo, me incentivando a não desistir do amor.*

E eu era capaz de amar?

Depois de tudo que passei, depois de toda a merda, morte, sangue, dor.

Me levantei, sobressaltado e irritado com meus pensamentos.

Minha última chance.

Pegar aquela maldita peça era a última chance.

O celular vibrou. Era Julie.

Julie: Sonhei com você. Agora de madrugada.

Por mais que estivéssemos em um acordo indireto de não ligar um para o outro, naquele momento, me senti tão quebrado que eu queria escutar sua voz, queria alguma coisa, qualquer coisa, que me dissesse que ainda havia motivo para sorrir nessa porra de vida.

Procurei seu número nos contatos e apertei o botão verde.

Chamou uma, duas, três, quatro vezes.

Na quinta, ela atendeu.

— Henry... — O som rouco, recém-desperto, me fez tremer em pé.

Sentei.

A atração era forte, *forte demais.*

— Como foi o sonho?

Ela ficou em silêncio por uns cinco segundos.

— Sonhei que estava em um campo verde, sem nada, a não ser uma cabana. E eu andava até você, que estava lá. Você sorria, mas não conseguia me alcançar. Nem eu conseguia tocá-lo.

Pensei por um momento.

— Uma analogia à situação que estamos enfrentando agora. Eu perto, mas longe o bastante para não te tocar, Julie.

Ouvi seu suspiro.

Meu corpo respondeu.

Como um grito para a vida, rugindo, pedindo prazer. Um formigamento bem familiar começou na barriga, descendo para o pau, deixando-o quase pronto demais.

— Parece que é exatamente assim. Sexta-feira está demorando para chegar — resmungou Julie.

Percebi que ela estava ansiosa para me encontrar.

Recostei-me na cadeira, vendo as horas. As bochechas esquentaram, mas não era timidez, e sim a velocidade com que o sangue passou a circular, ansioso.

— Eu posso passar aí — avisei-a. Estava quase na hora de fecharmos. Quarta-feira não havia tanto movimento.

Era uma decisão impulsiva, eu sabia.

Mas estava me corroendo por dentro.

Eu precisava ser claro com Julie logo, para saber o que seria depois da verdade.

— Você pode? — Sua voz ficou grave, tensa, mas ansiosa.

— Está sozinha?

— Abigail está na casa dos pais, vai ficar com eles todo o final de semana.

Foi liberada do trabalho, porque estão treinando outro estagiário, e ela será dispensada para começar outro emprego.

Meu coração começou a bater rápido.

Merda, Julie...

— Tem certeza de que me quer aí?

O sangue acelerou nas minhas veias quando vi que ela sequer hesitou.

— Eu quero.

— Trinta minutos — avisei-a.

— Escala três de zero a cinco, né? — ela perguntou, dessa vez, hesitando. Eu sabia o que Julie queria dizer. O meu lado obscuro, o cavalo indomável.

Semicerrei as pálpebras.

— Escala três. — Pausei. — E vou te contar tudo no momento em que chegar aí.

— Te vejo em trinta minutos, então. — Desligou, parecendo ansiosa, ofegante... e empolgada?

Olhei além da janela, a estrutura da arquitetura de um dos museus mais importantes do mundo gritando o que eu faria com ele, acusando-me de ser um criminoso.

Um nome.

Eu só precisava de um nome.

Julie: Segue o meu endereço...

Desci os olhos para o meu pau, brigando com a calça e a cueca.

Fechei os olhos.

E Julie.

Deus, como eu precisava de Julie.

8
Julie

Quarta-feira, 20 de fevereiro

Corri até o banheiro, escovei os dentes e penteei os cabelos úmidos, agradecendo a Deus por ter tomado banho uma hora antes de deitar e ter aquele sonho estranho com Henry. Passei um corretivo nas olheiras e coloquei um batom vermelho na ponta do dedo, dando batidinhas na boca, para parecer que era naturalmente cor de cereja e saudável. Ofegante, sem saber a razão — talvez pela correria —, fui até o quarto e me enfiei num short da Adidas e uma regata preta. Toda vestida, regulei o ar-condicionado e suspirei ao ver que a casa estava mais ou menos arrumada.

Ah, merda, a cozinha!

Eu tinha feito o meu jantar de qualquer jeito, deixando a louça toda suja, a pia bagunçada e as panelas com sobras. Enfiei a louça na máquina de lavar, passei um paninho na pia, guardei a comida em pequenos potes e coloquei tudo na geladeira.

O interfone tocou, e eu dei um pulo, quase caindo no piso liso.

Tentei não parecer sem ar quando atendi.

— Oi... — Fui casual. Sério, Julie? Ele sabia que eu *sabia* que era ele.

— Hey, Julie. Posso subir? — A voz rouca, grave, com aquele sotaque...

Apertei o botão que o liberaria.

— Pode — murmurei.

Essa seria a terceira vez que o veria. Na primeira, não trocamos uma palavra. Na segunda, ele me deu um beijo e me salvou de Tom — nunca mais ouvi falar do idiota —, e, depois, eu e Henry passamos a conversar por mensagens, nos tornando amigos... *e algo mais*. Não fazia ideia de que através do celular essas coisas podem se tornar mais íntimas, como uma forma de você se aproximar, sem se aproximar de verdade. A atração na era digital era uma coisa louca, né? Você pode seduzir e ser seduzida por mensagens no WhatsApp.

Isso era louco demais.

Duas batidinhas suaves na porta me fizeram travar no lugar.

Eu não sabia quem Henry era e o que ele tinha feito, mas o convidei para a minha casa. Ele podia ser um assassino, Abigail com certeza me diria que eu tinha pirado, que eu estava mais inconsequente do que nunca, e talvez por esse motivo não disse nada à minha melhor amiga, nem aos meus pais. Ninguém precisava saber se eu tomava a estrada certa ou errada, desde que, no destino final, eu não acabasse morta.

O que você está pensando, Julie?

E se ele fosse uma escala cinco de cinco?

E se ele estivesse me enganando?

Procurei Henry no Google durante os dias em que ficamos separados, conversando à distância. Não havia nada lá. Uma rede social, nada. Ele nunca foi pego, também. Não havia uma matéria falando de uma possível prisão, fosse o que fizesse da vida.

Isso o tornava melhor ou pior?

— Julie? — Soou sua voz do outro lado da porta.

Eu decidi isso, optei por colocá-lo na minha vida. Henry me avisou que, se eu quisesse, ele poderia ir embora, mas não dei ouvidos. Por que ter medo agora? Eu já tinha decidido desde o momento em que aceitei o jantar.

Abri a porta, com o coração fazendo loucuras para sair do corpo.

Se pudesse descrevê-lo, seria mesmo como um crime, talvez de atentado ao pudor.

Henry vestia calça de couro e coturno. Só o fato de ele sair assim na rua já deveria ser considerado um delito. A regata branca completava o look sou-bad-boy-pra-caralho, e estremeci quando ele deu um passo à frente, invadindo minha casa e meu espaço pessoal.

Eu não tinha prestado atenção em seu perfume.

Mas era uma coisa de louco. Certamente importado. A fragrância era masculina, impactante, varrendo todo o cheiro do meu perfume simples de jasmim. Era forte, e parecia que havia algo doce ao fundo, como maçã e canela.

Ele piscou, encarando meu rosto.

Depois, meu corpo.

E nós não falamos nada, como no dia da festa. Eu queria pular em seu pescoço, acabar com aquela atração louca, talvez ter um orgasmo ou dois e dizer: *tá bem, resolvemos*. Mas eu precisava de uma resposta antes de tirar aquela calça de couro, se fosse tirar naquela noite, se eu fosse me render a isso tudo.

Aceitar quem Henry era.

Ele sorriu para mim.

Deu outro passo.

Suas mãos vieram na minha cintura, puxando-me para ele. Eu era tão pequena em seus braços, mas um sentimento primário de me sentir protegida por um homem tão forte tremeu no meu cérebro, gritando: *Isso, isso é o que o seu instinto quer! Pega ele!*

Então, Henry me abraçou. Não foi um abraço normal, foi um aconchego de uma criança que precisava do colo da mãe depois de um pesadelo. Aquilo quebrou algo dentro de mim, um tiro no vidro frágil, espalhando mil pedacinhos que eu não conseguiria recolher.

Henry enfiou o nariz na curva entre o meu pescoço e ombro. Fiquei na ponta dos pés, impedindo que ele se curvasse tanto, passando as mãos por suas costas quentes, dentro da regata. Sua pele estava uns cinco graus acima da minha, tão gelada e fria pela correria, que eu tremi e ele percebeu. As mãos grandes ficaram mais fortes em mim, passeando pelo meu corpo, experimentando o contato. Ele acariciou minhas costas, de cima à base, e fiz um carinho com a mão direita em sua nuca, pegando os cabelos, sentindo-os nas pontas dos dedos. Com a mão esquerda, ainda dentro de sua regata, senti seus ombros e o começo da sua coluna, até onde fui capaz de alcançar.

Henry respirou fundo.

— Oi— ele disse baixinho, a voz tão quebrada que eu não soube o que dizer.

Optei pelo seguro.

— Oi.

— Você é tão cheirosa. — Sua voz ainda era baixa.

O quê? Cala a boca! O perfume dele ficaria nas minhas roupas mesmo que eu as lavasse cem vezes!

O abraço durou mais do que eu previra, porque Henry me apertou mais forte, com medo de eu sair dali; evaporar, talvez. Notei, naquele segundo, todo o medo que eu sentia se dissipar como nuvens fugindo do tempo bom.

Ele nunca me abraçaria assim se fosse um homem ruim; ele nunca me apertaria daquele jeito, dizendo com um gesto que tinha medo de eu ir embora, que tinha medo de eu negá-lo, de deixá-lo, se fosse uma pessoa má.

— Você está bem?

— Não — respondeu sinceramente.

Acariciei mais seus cabelos castanho-avelã, tão macios, as pontas dos meus pés doendo um pouco. Fui descendo, as panturrilhas relaxando, e Henry me soltou do abraço.

Quando o olhei, toda a dor por ter saído daquele aperto me fez compreender que o que ele tinha a me contar era difícil para ele.

— Você aceita uma bebida?

Henry sorriu, meio torto.

— Chá seria bom.

— Erva-doce, preto ou frutas vermelhas?

— Erva-doce.

Fui até a cozinha, e pedi que Henry me seguisse. Coloquei a chaleira para ferver e cruzei os braços na altura do peito, encarando-o. Ele parecia contrastar com a delicadeza de uma decoração tão feminina do apartamento. Os coturnos, a calça de couro, tão justa em seu corpo que não sei como ele respirava, além da regata, os cabelos bagunçados e a barba sempre aparada, mas nunca comprida demais.

Seus olhos procuraram os meus quando o servi.

Ele era tão *homem*.

Me sentei de um lado da bancada, e Henry me acompanhou, sentando-se do outro lado.

Sua mão buscou a minha na superfície.

Os dedos se entrelaçaram.

Senti o calor ir daquele contato para o corpo todo.

— O que eu vou te contar é doloroso. Não é fácil e me dá vergonha, mas orgulho também, por eu ter ido contra todos e ter acreditado que esse era o melhor caminho, além de segui-lo. Não me orgulho das coisas que fiz para chegar até aqui, mas fiz o que fiz por causa disso.

A mão de Henry afastou a minha, e ele tirou o relógio do pulso.

As iniciais H. W. chamaram minha atenção.

— Hank Wright, meu irmão mais velho, era um homem completo, mas ambicioso demais. Apesar disso, ele era a única coisa que eu tinha na vida e que fazia sentido. Nos amávamos muito. Eu era a paz; ele, o caos. Nunca, em toda a minha vida, vou sentir uma conexão com uma pessoa como eu sentia com ele. — Henry deu um sorriso triste. — Éramos gêmeos, sabe? Não idênticos em aparência, mas gêmeos. Nascemos com alguns minutos de diferença. Hank era o mais velho.

Suspirei fundo, passando os dedos pelas iniciais.

— Eu soube que Hank estava se envolvendo em algumas merdas quando achei uma arma em suas coisas. Ele disse que nós nunca cresceríamos na vida se não pudéssemos ir atrás de algo maior, com mais renda, dinheiro fácil. Dali, ele se perdeu. Se enfiou nas coisas mais erradas possíveis, como apostas, e, posteriormente, roubos. Em seguida, tráfico. Ele foi se perdendo, e eu chorei, cara. Eu chorei, porque sabia que perderia o meu irmão.

Encarei os olhos de Henry, tão bonitos naquela cor indefinida de céu nublado.

— Pensei que poderia detê-lo se o entregasse à polícia, porque eu preferia vê-lo preso a morto. Mas só piorei as coisas, Hank não quis mais olhar na minha cara quando o ameacei, dizendo que tomaria providências para fazê-lo parar. Ele saiu de casa, foi morar sozinho, e nossos pais não podiam mais fazer nada, porque ele já era maior de idade. Fui atrás do Hank, e percebi que ele estava usando drogas, se perdendo. Já não era mais pelo dinheiro, era pela adrenalina... e pelas merdas que davam prazer a ele.

Henry fez uma pausa, precisando respirar fundo.

— Três anos atrás, a bomba explodiu.

— O que houve?

— Recebi uma ligação de Hank, dizendo que queria parar, que ia fazer um último roubo e as coisas iam acabar, ele voltaria para casa. Ouvi medo em sua voz, pedi que ele me dissesse onde estava, mas Hank não me disse. Liguei para a polícia naquela noite, dizendo que meu irmão estava com problemas, só que ninguém fez nada.

— Não fizeram... por quê? — gaguejei, a emoção transparecendo em meu rosto.

— Precisava de mais tempo de desaparecimento, e duvido que alguém iria atrás de um homem já jurado de morte por todos os caras mais terríveis que se pode imaginar.

— Henry...

— Ele morreu naquela noite, Julie. — Lágrimas desceram pelo rosto bonito, tornando-o tão frágil. Eu quis me levantar, mas me mantive sentada. — A polícia apareceu na nossa porta, avisando sobre a morte de Hank, sem tato nenhum. Fui eu que atendi a porta e cuspiram nos meus pés, gratos porque ele havia morrido. Eu nunca senti tanto ódio na vida. Depois, fui com meus pais até o necrotério. Não foi bonito. A única coisa que sobrou do meu irmão...

E ele olhou para o relógio.

Lágrimas desciam mais forte agora.

Henry as limpou bruscamente.

Meu Deus.

Não pude imaginar o que fizeram com Hank.

Com o corpo dele.

Pela expressão de Henry, haviam...

— Enterramos Hank com o caixão fechado, não havia sequer como alguém... — Ele parou, incapaz de falar. — A investigação foi encerrada depois de uma semana, por falta de provas. Isso não acontece, Julie, fica aberta por muito tempo. Eles literalmente cagaram para o Hank, e ninguém iria atrás do responsável. O ódio me consumiu como uma doença contagiosa. Eu perdi a cabeça, de verdade, e ainda não estou curado. Nunca vou me curar dessa porra. Meu irmão morreu e as pessoas lidaram como se fosse qualquer coisa, menos a morte de um ser humano.

As peças se encaixaram lentamente na minha cabeça.

— Você foi atrás de justiça com as próprias mãos.

Henry assentiu bruscamente.

— Comecei por baixo, tentando entender a árvore da vida que era a criminalidade em Sydney. Foi difícil, porque essa cidade parece o paraíso. Só que eu sou um cara persistente pra cacete, e não desisti. Me meti em coisas terríveis, bati em pessoas por informações, me tornei quase tudo aquilo que Hank era, para que pudesse compreender a causa do seu assassinato. Sei atirar, sei matar, mas nunca fiz nada disso. Quero que entenda que eu quis fazer tudo o que fiz, porque eu precisava saber quem era, precisava saber o motivo de terem esquartejado o meu irmão e torturado cada parte do seu corpo.

Deus...

— E você descobriu? — Minha boca ficou com um gosto amargo.

Henry bebeu o chá e passou a ponta da língua na boca para pegar o resquício dos lábios.

— Estou em busca disso.

— Por isso se tornou um... — Não consegui dizer a palavra.

— Sou um ladrão de preciosidades, essa é a minha classificação. Fiquei conhecido por isso. Roubo peças raras sem ser descoberto. Nunca matei, nunca toquei em uma pessoa que não merecesse. Entro limpo, saio limpo. Essa foi a parte da criminalidade que estragou Hank; ele fez alguma merda para alguém e pagou com a vida por isso. É esse meio, Julie. E foi a pior coisa que alguém poderia fazer com outro ser humano. — Pausou. — Eu não quero fazer o mesmo, nem conseguiria, vomitaria só de... — Parou novamente, por mais tempo dessa vez. — Eu só quero achar a pessoa e entregá-la à polícia.

— Dessa vez, vão te escutar?

Henry deu de ombros.

— Provavelmente deve ser um criminoso conhecido. Se receber o mesmo tratamento que deram a Hank, vão ficar felizes de ter alguém para encarcerar.

— Você só quer justiça — afirmei, a voz baixa.

Ele assentiu uma única vez, esperando qualquer reação minha.

Minha mente começou a rodar com a verdade dita por Henry, por tudo que ele fez pelo irmão. Eu não sei se tomaria a mesma decisão que ele tomou, provavelmente era covarde demais para estragar a minha vida e manchá-la com a criminalidade. Por outro lado, encarando aquele homem, todo desconfortável em um banco pequeno demais para o seu tamanho, soube que ele não tinha uma gota de maldade em seu sangue. Eu acreditei em suas palavras. Acreditei de verdade.

— Essa é a parte horrível de ser quem eu sou, Julie. Eu quero vingança, e isso não me torna uma pessoa boa, mas alguém incapaz de esquecer o passado. No entanto, prometo a você: assim que isso tudo terminar, nunca mais vou mexer com essas merdas, eu nunca mais vou voltar. Odeio cada segundo da minha vida, odeio ser quem sou, odeio o pré-julgamento das pessoas. Eu quero ter uma vida decente, talvez uma família, filhos e uma esposa linda para chamar de minha. Isso não é possível com o que ando fazendo nas ruas. Não é certo.

— Eu não sei se consigo lidar com isso, Henry. De verdade. Não sei se consigo acreditar em alguém que mal conheço, apesar de toda a verdade que você me trouxe. Me sinto atraída por você, é verdade, há algo... especial acontecendo. Eu não quero cair fora, mas não sei como digerir todas essas informações. — Esse era um dos testes que eu precisava fazer com ele. Não entraria nisso e não envolveria quem eu pensava em envolver se não tivesse certeza de que ele queria sair dessa.

Ele se levantou da bancada, ficou em pé e colocou as mãos no bolso frontal da calça jeans, fazendo os músculos de seus braços se sobressaírem.

— Se você quiser que eu vá embora, eu vou. É só dizer, Julie.

Ele estava, mais uma vez, me dando uma saída. Henry não me decepcionou, o que me fez querer gritar por dentro. Era exatamente a atitude que eu esperaria de alguém honrado, e não de um criminoso.

— E me deixaria ir embora, sabendo a verdade de quem você é? Podendo ligar para a polícia a qualquer momento e contar tudo? Estragar sua vingança? Estragar a última chance que tem de pegar o assassino do seu irmão?

Ele pareceu ofendido.

— Jamais encostaria um dedo em você.

Engoli em seco.

Henry pegou o celular dele e estendeu-o na bancada.

Sua mão sequer vacilou quando me deu a chance de chamar as autoridades.

A voz dele, grave e direta, me surpreendeu.

— Dia vinte e oito de fevereiro, eu vou estar no Museu Mavericks, às vinte e três horas em ponto. Vou burlar o sistema de segurança e entrar pela porta lateral esquerda. Vou andar vinte e cinco passos para a frente, depois trinta e dois passos à direita. Em seguida, desativarei as câmeras de segurança, colocando imagens estáticas no lugar. Sabendo que os seguranças dormem e são idosos, vai ser o roubo mais fácil que farei na vida. — Henry respirou fundo. — Eu vou alcançar uma redoma de vidro às vinte e três horas e dezesseis minutos, vou furá-la silenciosamente e roubar o artefato. Andarei os passos que fiz de volta e sairei. Meu pendrive desativará as câmeras em quinze segundos, dando-me apenas esse prazo para que eu saia sem os alarmes soarem. Quando estiver no carro do homem que me contratou e em segurança, os alarmes soarão.

Isso parecia muito perigoso.

Tremi por dentro.

— E depois?

— Depois, ele me dará o nome do homem que matou... que assassinou... meu irmão. — Henry me encarou, sem remorso, sem culpa, apenas dor e ânsia por justiça. — E é esse o acordo.

Parecia tão frágil.

Como um castelo de cartas.

Como uma promessa vazia.

E uma mentira.

Henry jamais acharia o assassino do seu irmão.

Me levantei e Henry se assustou com o gesto. Ele não esperava que eu fosse aceitá-lo e nem que fizesse o que estava na minha cabeça desde o segundo em que ele começou a contar.

Henry era apenas um homem querendo prender alguém que machucou o seu irmão e, por mais que Hank tenha feito tudo que fez, ele era o irmão de alguém, o filho de alguém.

E era isso que machucava Henry.

Passei as mãos por sua cintura e colei a cabeça em seu peito.

Ouvi as batidas do seu coração.

Percebi que há elos que o tempo cria.

Há elos que não precisam dele, embora.

E senti uma conexão forte com Henry naquele exato segundo do abraço. Ele não tocou em mim, mas eu toquei nele, porque ele precisava de um abraço, ele precisava de alguém.

Nunca conheci uma alma tão solitária.

— Sexta-feira à noite, eu vou sair com você — sussurrei.

Henry respirou fundo.

— Você vai? — A voz dele tremeu.

— Vou.

Mais silêncio. As mãos dele não tocaram em mim.

— Me leve a um lugar especial — pedi.

— Sim, será especial. Você, Julie, é uma pessoa muito especial.

— Por ter aceitado sair com você, apesar de tudo?

— Por ter sido a única pessoa que me ouviu e me permitiu dizer algo. — Pausou. — Nunca me deixaram contar os meus motivos, nem meus pais.

— Vai dar tudo certo, Henry.

Eu nunca tive tanto medo de perder alguém que mal conhecia, como eu senti naquele segundo em que Henry ficou em meus braços.

— Podemos assistir a um filme? — ofereci.

As mãos de Henry me envolveram. O toque quente parecia um banho morno depois de um dia caótico.

— Eu adoraria fazer qualquer coisa, Julie, desde que seja com você.

9
Henry

Quarta-feira, 20 de fevereiro

Acordei sentindo algo estranho no ar. Era café. Morava sozinho e levou um segundo para eu pular sobressaltado de onde estava.

Um sofá.

Uma mesa de centro.

Uma caneca fumegante.

Meus olhos foram para a pessoa encostada na parede, os braços cruzados e um sorriso leve e divertido.

Julie O'Hare.

— Bom dia, dorminhoco.

Passei as mãos pelo cabelo.

Não havíamos feito nada, embora eu quisesse. Deus, eu queria tanto, mas estava tão cansado e desejava fazer tudo com calma com Julie, sabendo da situação delicada que estávamos. Ao menos beijá-la... cara, ao menos beijá-la eu faria nesta manhã.

— Para uma noite no sofá, você está ótima.

O sorriso de Julie se alargou.

— E você me parece ótimo também.

— De verdade?

Ela desceu os olhos pelo meu corpo.

— De verdade.

O sorriso que despontou na minha boca foi todo malicioso.

— Posso usar o banheiro?

— Final do corredor à esquerda. Tem escovas de dente descartáveis na primeira gaveta da bancada. Se quiser tomar um banho, fique à vontade. Tem toalhas dobradas na mesma gaveta das escovas descartáveis.

Eu fiz o que Julie falou.

Tomei banho, vesti as mesmas roupas e escovei os dentes. Pelos cabelos molhados de Julie, soube que ela fez o mesmo logo cedo. Assim que cheguei à cozinha, a caneca de café havia sido substituída por outra, mais quente e espumante.

Nunca foi tão bom beber café.

Meus olhos foram para Julie.

Ela parecia tão linda em um vestido de verão cheio de margaridas. Os cabelos úmidos, os lábios bonitos, o corpo perfeito.

Ela se aproximou de mim a passos lentos, curiosos.

Tomei o último gole do café e me afastei da bancada. Ainda sentado no banquinho estreito pra cacete, abri os braços para Julie. Eu pensei, por um momento, que ela não iria fazer o que eu queria que ela fizesse, mas essa mulher gostava de me surpreender.

Ela se sentou no meu colo.

Passou os braços por meus ombros.

O perfume de jasmim, mais o cheiro do café de seus lábios, me acendeu. Além do contato de sua pele, seu corpo sobre o meu... Cara, pensei na minha posição sexual favorita.

Encarei sua boca.

Com Julie, eu esquecia dos problemas, esquecia do que me enfiei, e voltava a ser o lado luz de Henry Wright que ela despertava. O homem despreocupado, que conseguia ser feliz por alguns momentos, e não o amargo e vingativo.

Estar com ela me fazia bem, percebi, chocado.

Acariciei suas costas. Julie se remexeu sobre mim.

Suas pálpebras se estreitaram.

— Você não me deu um bom dia direito — acusei, e a rouquidão na minha voz não foi surpresa.

— Não dei? — A voz de Julie não estava diferente.

Subi a mão direita de suas costas para a nuca. A outra mão que estava em sua cintura desceu para o começo de sua bunda. A atração entre nós era um fio desencapado prestes a entrar em curto. Apertei-a em minhas duas mãos, tendo pouco, nunca o suficiente, daquela mulher.

Aproximei seu rosto.

Percorri uma volta em seu nariz com a ponta do meu.

— O que acha de remediar isso?

— Eu acho...

— Hum?

Julie precisava dizer, porque eu não a beijaria se ela não quisesse.

Os olhos dela desceram para a minha boca.

Aquilo era um sim.

— Sim? — Não precisei especificar. Estava claro.

— Sim — confirmou, a voz tão baixa que quase não fui capaz de ouvir o som sair de sua boca.

Eu quase gritei de verdade quando nossos lábios se encostaram. O mesmo choque que recebi quando a boca dela tocou a minha no mercado, mas com uma intensidade multiplicada por mil. A vontade de tê-la pelos dias que seguiram aquelas mensagens e o tesão acumulado por ser incapaz sequer de pensar em outra pessoa, desde que Julie iniciou essa espécie de amizade atrativa comigo, me fizeram explodir em mil pedaços naquele toque suave de bocas, o contato doce com gosto de café.

Envolvi os lábios nos seus, curtindo o movimento. Por mais que eu estivesse explodindo de vontade de ir rápido, deixei o coração acelerar e o beijo ser suave. Passeei a ponta da língua entre aquela pequena abertura de Julie me deu. Senti-a tremer sobre mim, o que me arrancou um grunhido baixo, rouco e pedinte.

Então, a ponta da língua dela tocou a minha.

Eu poderia ter morrido ali.

Desvendando um beijo que, de cara, já foi o melhor da minha vida, deixei que Julie brincasse com a língua em torno da minha. Rodando lentamente, tocando o céu da boca, me arrepiando e aquecendo por dentro. A boca dela era quente, a língua, macia, e a maneira que ela dançava naquele contato...

Apertei com força sua bunda.

A outra mão, que estava sua nuca, desceu para um dos peitos, apertando-o de leve, instigando.

O bico ficou rígido por baixo do vestido.

Cara...

Eu queria pegá-la, levá-la para a cama, arrancar aquela roupa e fodê-la tão gostoso que ela nunca mais ia querer outro alguém.

Acho que Julie compreendeu a minha necessidade.

Porque ela se levantou, passou a perna para cada lado do meu corpo e se sentou de novo.

Braços mais firmes em torno de mim.

Seu corpo pequeno moendo no meu.

A boca veio, e eu agarrei sua bunda mais uma vez, apertando-a enquanto a trazia com força ainda mais para o meu colo. A ereção ficou bem dura, a excitação enviando choques pelo corpo todo, incentivando Julie. Ela gemeu quando mordi seu lábio inferior, esticando-o, para depois passar a ponta da língua e acariciar a parte que machuquei.

Eu precisava parar.

Mas só mais um pouquinho...

— Henry. — Sua voz saiu suplicante. Ela pediu algo que eu não poderia oferecer. Não quando minha vida ainda estava mal resolvida.

Eu sabia que, no momento em que tivesse Julie embaixo de mim ou sobre mim ou de quatro na cama, gemendo meu nome em todas as posições que queria fazer com ela, estaríamos profundamente envolvidos, e eu não conseguiria pensar com coerência.

Não conseguiria seguir com a justiça por Hank.

Julie rebolou no meu colo, beijando minha boca, arranhando minhas costas com uma mão dentro da regata, a outra segurando os cabelos da base da nuca, querendo tanto de mim que... *Ah, caralho, meu pau estava doendo já.*

Me levantei e Julie veio junto, com as pernas agarradas em torno da minha cintura, os braços sobre meus ombros, parecendo um bicho-preguiça empoleirado.

Olhei para ela e, afetado demais, sorri torto.

Julie estava ofegante. Bochechas vermelhas. Lábios inchados pelo beijo.

Gostosa.

Linda.

Culpada por me fazer perceber que eu ainda tinha um coração para bater.

— Eu quero.

— Eu sei — Julie disse, erguendo a sobrancelha. — Também sei que quer esperar o assalto, quer esperar sua vida se resolver, mas isso não me impediu de tentar.

Que garota petulante!

Eu ri.

— É isso aí, Julie. — Segurei sua bunda com as duas mãos. — Vou fazer aquela merda e depois ter você. Só que já te aviso: se me quiser em sua cama, vai ser diferente.

— Diferente como? — Julie pareceu visivelmente intrigada.

— Você vai ser minha.

— Sua?

— De segunda a segunda, sem mais qualquer tipo de cara te beijando e te tocando. — Pausei. — Minha, Julie.

Ela pensou por um momento.

— Uma namorada?

Otário, briguei com o meu coração, porque acelerou.

— Se você quiser rotular, sim.

Julie estreitou os olhos.

Ela umedeceu a boca; eu acompanhei o movimento.

— Você está falando sério?

Desceu do meu corpo e me admirou com aquele rostinho lindo.

— Estou, porque não posso, nesse momento, suportar a ideia de deixar você ir. Sei que não sou o cara ideal, mas, é isso que tenho a oferecer, Julie. Não vou ter você na minha cama, depois de tudo o que vi e sei sobre você, depois de conhecer uma mulher incrível que acredita em extraterrestres e dá respostas inteligentes a enigmas. Especialmente, sem saber se, no dia seguinte, vou poder te tocar de novo, vou poder te ligar de novo, vou poder ser para você o que você é para mim. Isso me enlouqueceria. Então, merda, sim, eu quero namorar com você.

Julie deu passos à frente. Percebi que seus olhos ficaram um pouco marejados e ela precisou ficar na ponta dos pés para raspar os lábios no meu queixo.

Baixei o rosto para que nossas bocas se encontrassem.

— Saia com vida disso, Henry. — Sua voz estava machucada. Me quebrou por dentro. — E, então, eu vou ser sua.

— Promete? — indaguei baixinho.

Nos tocamos, porque percebi que não conseguíamos mais ficar sem estar com algum contato, depois de tanto tempo de ausência física.

Isso era forte pra cacete.

— Prometo.

10
Julie

Domingo, 24 de fevereiro

Meu coração estava tão apertado no peito que não sei como consegui dormir à noite. Na sexta-feira, Henry cumpriu o que prometeu: me levou a um restaurante lindo e o passeio surpresa foi pararmos o carro de Henry no ponto mais alto da cidade, admirando os prédios, as estrelas e a beleza de Sydney.

Se eu já não estivesse apaixonada por ele, teria feito naquele encontro.

Henry não tirou as mãos — nem a boca — de mim. Eu queria tocar nele, como se precisasse disso como o ar que respirava. Quase fizemos o inevitável, mas Henry foi sincero quando disse que queria algo além do que tínhamos, que queria um relacionamento. Então, paramos nos beijos.

E era bonito, meu Deus, como era linda essa atitude dele.

Tive que contar para Abigail tudo que aconteceu, porque não consegui esconder mais um minuto depois daquele encontro que tivemos na cozinha. Ab ficou chocada no começo, como se não acreditasse que eu havia caído na lábia de uma pessoa com um caráter duvidoso, porém, no momento em que a história foi preenchendo sua mente, Ab aliviou a expressão.

Me surpreendeu quando me abraçou, dizendo coisas que acalmaram o meu coração.

Mas, agora, a parte boa e fácil acabaria, porque eu tomaria uma decisão importante, uma que envolvia dizer a alguém que amava sobre a situação em que tinha me metido. Que envolvia me meter nos assuntos de Henry, ainda que ele não fizesse ideia.

— Departamento de Defesa dos Estados Unidos — atendeu a voz de Jessie, entediada, sabendo que, para aquele número, só pessoas próximas ligavam.

— Posso falar com o presidente do gabinete?

Ela não pareceu reconhecer minha voz, o que era certo, tendo em vista que não ligava para aquele número há quase dois meses; preferia discar para o celular, que era mais acessível. No entanto, naquele dia, o aparelho estava desligado, o que me fez compreender que ele estaria em reunião.

O cargo mais alto da hierarquia militar dos Estados Unidos nunca me pareceu tão tenebroso quanto naquele momento.

Eu sabia que poderia escutar as piores coisas do mundo. Ao mesmo tempo, sabia que tinha uma pessoa maravilhosa do outro lado, ainda que estivéssemos em países diferentes.

— Quem está falando?

Engoli em seco.

— A filha dele.

11
Henry

Quarta-feira, 28 de fevereiro

Olhei para o museu do outro lado da rua, quase uma hora antes de entrar. Tudo em ordem, nada diferente, nenhuma surpresa. O capuz em minha cabeça fez a pele embaixo coçar. Além disso, havia o peso do relógio, mais uma vez me recordando do motivo de estar fazendo tudo aquilo.

Agora também tinha Julie.

Uma mulher que entrou sorrateiramente e, em menos de um mês, conquistou meu coração como nenhuma outra o fez. Acho que, por causa da iminência do que eu ia fazer na noite de hoje, nos vimos todos os dias que pudemos. Nos tocamos, nos beijamos pra caralho, mas parecia que o sexo era a conclusão de algo que precisávamos e, por isso, não conseguimos nos saciar, não de verdade.

Durante os encontros, soube que não era uma boa influência para Julie, mas não deixei que ela faltasse sequer um dia nas aulas, embora quisesse. Percebi que eu era o responsável por todas as decisões ruins que aquela garota tomava.

Mas, esta noite, tudo ia mudar.

Meu celular vibrou. Era Leon. Quase rosnei ao ver o nome dele. Algo não me descia, algo muito duro para que eu engolisse a seco. Conversei com ele, avisando-o de que faria o que foi pedido e que ele poderia me encontrar lá no horário certo. Leon me garantiu que estaria lá.

Era a palavra de um criminoso contra a de outro.

O celular tocou de novo, e me assustei quando vi o nome de Julie. Ela não me disse que ia ligar hoje, especialmente por saber o que eu ia fazer.

— Você já está aí? — A voz dela pareceu urgente.

Me empertiguei no esconderijo.

— O que houve? — perguntei a ela.

— Eu preciso falar com você. Agora, Henry.

— Julie...

— Está aí ou não?

— Não há a possibilidade de você aparecer aqui.

— Henry, você confiou em mim quando me contou todos os seus planos. Confiou que eu não te entregaria à polícia. Confiou que eu deixaria você fazer o que tinha que fazer. Agora, eu peço, por favor, confia em mim mais uma vez.

A rua estava deserta. O Nightclub, fechado. Simon fez isso propositalmente, sabendo que eu não poderia entrar no Mavericks e ter qualquer testemunha das filas quilométricas que sua festa sempre causava. Então, como não o deixei vir comigo, isso era tudo que ele poderia fazer para me ajudar.

— Henry? — Julie me despertou.

— Não, Julie.

— Você está aí, né? — Escutei o motor de um carro acelerando do outro lado da linha. Caralho, eu não podia arrastá-la para isso. — Henry, confia em mim.

Encarei o museu, pensei na cara horrível daquele Leon. Se ele a visse, saberia que ela seria a minha fraqueza. Poderia me chantagear, me impedir de sair do crime, até de me dar um nome. Por outro lado, se eu fosse pego pela polícia, não poderia livrá-la também. De todas as formas, isso era ruim, horrível. Não conheci Julie para estragar a vida dela, nem o seu futuro.

— Não apareça aqui, Julie. Por favor. Eu te imploro. Fique em casa, com Abigail, e esqueça que essa ligação existiu. Nessa madrugada, já estarei em seus braços, beijando sua boca, amando seu corpo. Eu prometo.

— Merda, Henry, eu preciso...

Desliguei antes que ela pudesse falar qualquer coisa além do que eu podia escutar. Não conseguiria seguir adiante vendo seu rosto lindo, sabendo que aquela mulher estava manchada por meus crimes.

Não mesmo, porra!

Sentado no chão e coberto por uma caixa de papelão do lixo não coletado do dia, fiquei estático com o binóculo na frente dos olhos, observando as janelas e a movimentação dos guardas no andar de cima. Olhei para o relógio; poucos minutos haviam se passado. A ansiedade crescia em mim como ervas daninhas sobre um terreno velho.

Suspirei fundo.

Meu corpo inteiro ficou tenso quando um som familiar soou pela rua vazia.

Uma van parou do outro lado da rua, na esquina do Mavericks. Era preta, sem logo, e também nenhuma empresa estaria fazendo uma manutenção àquela hora.

Peguei o celular e enviei uma mensagem para Leon.

Eu: Chegou?

Leon: Tô em casa ainda. Precisa de mim aí?

Mau sinal, porra.

Eu: Não.

Leon: Blz.

Saí da caixa de papelão quando um som na rua transversal a que eu estava ecoou, parecendo como se tivessem derrubado uma coisa de metal no chão duro. Pensei na van, olhei para o carro suspeito, mas tudo estava fechado, nenhum sinal de companhia. Fiquei tenso por aquela circunstância não planejada e, com o coração na garganta, comecei a caminhar em direção ao barulho.

Não parecia ter ninguém lá.

Escoltado pela parede, coloquei a mão na arma e fiquei em posição para puxá-la, caso fosse necessário. Senti uma presença atrás de mim, mas, antes que pudesse virar, uma dor lancinante atingiu minha cabeça.

Caí na escuridão.

Aline Sant'Ana

12
Julie

Quarta-feira, 28 de fevereiro

— Você precisava ter *batido* nele?

O homem deu de ombros.

— Fiz o que tinha que fazer para trazê-lo em segurança até a van.

A sensação era como estar à beira do abismo, prestes a pular para o nada, sem segurança. Nunca me senti como uma agente secreta em um filme de ação. Apesar de o meu pai ser tudo o que era, tudo *quem* era, nunca tive estômago para isso.

E olha onde me enfiei.

— Filha... — chamou meu pai, tirando a atenção do seu amigo que eu fuzilava com o olhar.

Encarei o homem que me colocou no mundo sentado ao lado do cara que bateu em Henry — que tinha colocado o meu quase-namorado no chão da van, deitado em um travesseiro, desacordado —, além de um delegado importante de Sydney, que estava com as mãos no volante da van.

Pensei, olhando para os homens, que aquilo era uma verdadeira loucura.

Eu não fazia ideia do que ele ia fazer quando liguei do outro lado do mundo, mas meu pai ouviu a minha história. Ouviu por quase uma hora inteira e, sem interferir durante o monólogo, só me pediu, no final, um dia para pensar.

Exatas vinte e quatro horas depois, me ligou, dizendo que puxou a ficha de Henry Wright, além de outros dados compatíveis, e havia descoberto muitas coisas que pareceram interessantes. Eu não sabia o que ele tinha encontrado, mas papai falou que compreendeu Henry como se ele fosse uma matéria fácil da escola. Sendo assim, papai acreditou em mim, especialmente quando encontrou detalhes nos relatórios policiais da morte de Hank.

Meu pai disse que ficou enojado.

Ele era um amante da boa justiça e de homens que não tinham medo de ir contra as regras, se isso significasse defender o que acreditavam. Não fazia ideia de como conseguiu um cargo tão importante, tão diretamente ligado ao presidente dos Estados Unidos, mas isso fez ele me *prometer* que tiraria o Henry daquela situação.

Seus olhos ficaram nos meus por mais tempo, esperando que eu respondesse ao seu chamado.

— O que vamos fazer? — indaguei.

— Preciso que acorde o seu namorado — meu pai disse, com um sorriso de lado.

— Pai...

— Eu vou explicar para vocês dois quando ele acordar — garantiu.

Me ajoelhei perto de Henry, admirando seu rosto inerte, e comecei a acariciar seus cabelos suados. A máscara horrorosa de ladrão que ele usava havia saído do rosto, e as bochechas estavam vermelhas pelo calor. Observei seus traços, tão bonitos, tão suaves enquanto dormia.

Os olhos de Henry foram abrindo quando comecei a chamá-lo.

Sua boca estava seca, então, ele tratou logo de umedecê-la.

Pareceu me ver, mas sem realmente me enxergar.

— Henry, preciso que acorde, não temos muito tempo.

Então, ele deu um salto na van, batendo diretamente no corpo duro do homem que o desacordou. Henry abriu bem os olhos, arfando, chocado pela presença de tantas pessoas. Instintivamente, levou a mão até onde sua arma estava, mas não a encontrou. Em seguida, seus olhos foram para mim. Eu podia ver o julgamento ali, a apunhalada que ele achou que sofreu, por eu tê-lo traído.

Mas não era nada daquilo que Henry estava supondo.

— Robin Wood! Achei que nunca encontraria um — disse meu pai, parecendo divertido.

Henry o olhou.

Eu era a cópia perfeita do meu pai. Exceto pelos cabelos, já que os dele estavam grisalhos agora. No entanto, o nariz, os lábios e os olhos... éramos um *ctrl c* e *ctrl v*.

— Do que me chamou? — A voz de Henry pareceu rouca.

Encarei a roupa que ele vestia, tão justa em todas as partes; ele parecia o Tom Cruise, em Missão Impossível, mas uma versão mil vezes melhorada.

— Quando minha filha me ligou, dizendo que precisava de ajuda, eu sequer hesitei. Julie me contou absolutamente tudo que vocês passaram, desde o envolvimento até sua sinceridade. Aprecio homens que honram suas palavras, e aprecio ainda mais homens que são mais corajosos do que a lei determina. Nem sempre ela está certa.

Henry engoliu em seco.

Os olhos molhados de decepção miraram em mim.

— Seu pai?

— Sou o presidente do gabinete do Departamento de Defesa dos Estados Unidos. Isso quer dizer que eu aconselho o presidente do meu país quando as coisas começam a dar errado. — Os olhos do meu pai desceram por Henry. — Pelo visto, as coisas se complicaram para você, jovem, e a minha responsabilidade é descomplicar a vida do presidente, então, você faz uma ideia de como é fácil descomplicar a *sua* vida.

A expressão de Henry suavizou.

Um pouco.

Ele focou a atenção no meu pai.

— Deixe-me ver. — Papai começou a mexer nas pastas, separando a papelada que achava importante. Em seguida, começou a atirar folhas sobre Henry. Meu quase-namorado se sentou, passando os olhos pelas provas que papai juntou. — Você roubou algumas coisas, filho. Não que tenha sido fichado. Mas, você sabe, eu sou bom. Vi que pegou um colar de esmeraldas, um vaso antigo chinês, também roubou um artefato da Grécia Antiga. Ah! — Ele riu. — Esse é o meu favorito. Você pegou um quadro falso de Pierre-Auguste Renoir e vendeu como se fosse original.

— Eu...

— Aliás, você tem um carro bem simples para um ladrão de artefatos raros como esses. Em sua conta corrente, há apenas cinco mil dólares australianos. Achei curioso e fui pesquisar. Era para você ter uma quantia mais alta, certo? Uma vida bem confortável...

Henry ficou corado.

O que meu pai estava dizendo?

— Então, fui mais fundo e, de repente, tive um relatório completo de cruzamento de informações e valores, alegando que misteriosamente algumas cidades vizinhas a Sydney, que não têm a mesma condição financeira dessa cidade, começaram a receber quantias altas de dinheiro, comida, roupas, em datas semelhantes aos roubos desses artefatos raros. Meio complexo de Robin Wood, não acha? Você se meteu nessas coisas, para achar o assassino do seu irmão, e doou todo o dinheiro que recebeu.

Henry não respondeu.

Meu pai continuou.

— Não sei se eu faria uma coisa dessas, mas você, senhor Wright, fez.

Eu não tinha ideia de nenhuma dessas coisas. O choque ficou evidente no meu rosto. Papai não me disse nada, não me deu uma dica do que...

Meu coração tropeçou nas batidas.

— Não teve coragem de ser um ladrão, certo? Não teve coragem de usar o dinheiro que roubou. E tudo bateu com a história contada pela minha filha, alegando que você tinha um ótimo caráter. Realmente, o que você fez foi honroso, senhor Wright. O que me leva à conclusão de que, esta noite, seria o seu primeiro roubo em troca de algo que você poderia, finalmente, usar: o nome do assassino do seu irmão.

Fiquei tensa.

Henry não olhou na minha cara.

Ele estava possesso? Querendo me matar por ter metido meu pai nisso? Por ter dito a verdade a alguém? Por tê-lo entregado? Eu fiz isso porque confiava demais que papai resolveria as coisas.

Como estava claro que estava fazendo naquele momento.

Henry olhou para o relógio de pulso.

— Você pode me prender quando quiser, senhor O'Hare, mas, preciso dessa peça e preciso entregar o nome do assassino do meu irmão para as autoridades.

Papai riu.

— Filho, eu não tenho autoridade para te prender, embora o homem que dirige essa van tenha.

O delegado, que não havia feito nada até então, deu um aceno positivo para Henry, que encarou diretamente o responsável pelo destino de sua vida. Depois, voltou os olhos cinzentos para o meu pai.

— Mas nós não vamos fazer nada disso. — Papai se reclinou, os olhos atentos em Henry. — Sabe o que vou fazer, filho? Eu vou te entregar o que você quer, e você não vai entrar naquele museu. Vamos esquecer o que você fez para chegar até aqui. Quem se importa com um colar de esmeraldas quando você salvou algumas pessoas de morrerem de fome?

Pude ver Henry ficar duro, como se a própria Medusa estivesse tornando-o uma pedra. Ele não respirou, não piscou, ficou fixamente admirando meu pai, como se não pudesse crer naquelas palavras.

Eu não consegui respirar também.

Os olhos de Henry miraram em mim.

Lágrimas desceram por aqueles pontos brilhantes e cinzentos.

— Você me salvou, Julie. — Sua voz embargada me fez amá-lo.

Amá-lo de verdade.

Ele havia entendido.

— Henry — ouvi minha própria voz tremer —, eu precisei dizer, precisei te tirar disso com vida. Meu pai é a única pessoa que confio, eu sabia que ele não me decepcionaria. Sabia que ele te protegeria porque eu...

— Ah! — meu pai disse, interrompendo, parecendo aliviado por algum motivo. Ele estava encarando algo além da van. Demorou para eu perceber que era um carro e um homem saindo do veículo. Senti um frio na espinha. — Bem na hora. Kevin, você faz as honras?

O delegado saiu da van ao mesmo tempo em que o capanga amigo do meu pai também saía. Armas apontadas, posição clara de homens que faziam isso a vida toda. Henry saltou da van quando reconheceu o homem do outro lado da rua, ignorando tudo ao redor, e eu acompanhei. Senti meu pai nos seguindo, mas o desespero de Henry me fez correr até ele.

Era como se ele soubesse.

Paramos no meio da rua. As armas de dois homens contra um desarmado.

Os olhos frios e negros como a noite miraram em Henry.

— Você me entregou? — gritou e cuspiu no chão.

Henry sequer piscou.

Eu fiquei ao lado dele.

Ele já sabia.

Com o coração batendo loucamente, entrelacei nossas mãos.

— Deita no chão! — gritou o delegado.

— Seu filho da puta! — o homem urrou para Henry.

Os dedos do homem que eu estava apaixonada apertaram em torno dos meus.

Ele havia me perdoado.

Ele tinha entendido.

Ele estava sofrendo.

Papai chegou perto de nós.

Ele encarou Henry, se pondo na frente da cena, com uma expressão que transmitia um pedido de desculpas. Antes que ele pudesse dizer qualquer coisa para nós dois, atrás do meu pai, a voz do delegado me trouxe um enjoo repentino quando entendi o que ele estava dizendo.

— Senhor Leon Yale, você está preso pelo assassinato de Hank Wright...

13
Henry

Quarta-feira, 28 de fevereiro

— Arquivaram o caso do seu irmão como se não tivessem provas de quem cometeu o crime, mas a verdade é que havia sido solucionado... *e adulterado.* — Suspirou o senhor O'Hare, a cena se desenrolando atrás dele. — Leon não está apenas envolvido, como é o assassino do seu irmão. Sinto muito pela sua perda. Sinto, porque per di muitos homens, perdi meu irmão também, na guerra. Enfim, filho, não preciso dizer muitas coisas, pegue os arquivos e leia quando se sentir forte o suficiente para isso.

O chão poderia ter se aberto sob meus pés.

Eu nunca pensei que sentiria tanto ódio e alívio ao mesmo tempo.

Meus joelhos dobraram.

Lágrimas desceram pelo meu rosto.

— Por quê? — gritei, a voz falhando, enquanto algemavam Leon.

— Ele não me entregou uma peça. Ele cagou tudo quando parou de trabalhar, querendo se aposentar para ter uma vida bacana — respondeu, sem remorso. Leon riu. — Aquele merda. Estava tão fodido e drogado quanto uma puta barata. Não fiz errado em matá-lo.

Eu ia me levantar para socar sua cara, socá-lo até a morte, mas a mão do senhor O'Hare bloqueou meu movimento.

O delegado deu uma coronhada na cabeça de Leon.

Vi Julie na minha frente.

Suas mãos em meu rosto.

Sua boca secando minhas lágrimas com beijos.

Ódio por Leon.

Amor por Julie.

O segundo sentimento foi mais forte.

— Está tudo bem, querido. Está tudo bem. Acabou. — A voz dela era como um canto dos anjos. — Você está livre, Henry. Você está...

Parei de ouvi-la. Julie tentou me avisar. Ela tentou me alertar sobre seu pai, talvez sobre Leon, naquela ligação. Tudo o que ela fez foi para me salvar. Eu só queria entender o porquê.

— Diga-me, Julie.

— Agora?

— S-sim.

— Liguei para o meu pai, contando sua história...

E ela disse que o que perguntou na cozinha foi um teste, para saber se eu estava pronto para ser salvo. Quando confiou que eu queria mesmo sair dessa vida, ligou para seu pai. Ficou de molho, sem saber a verdade ou as verdadeiras intenções de um dos homens mais poderosos dos Estados Unidos, mas confiou. Ele era o seu pai. Julie ficou surpresa quando o pai dela chegou em sua casa no final da tarde de hoje, perguntando por mim, dizendo que ia salvar "aquele menino". Julie disse que o enfrentou, até que ele prometesse que eu ficaria a salvo, que me ajudaria.

O pai dela garantiu que eu era um bom homem.

E que bons homens merecem ser salvos.

— Ele me deixou no escuro, mas me disse que faria tudo do jeito dele, desde que eu o deixasse fazer. Pensei, por um momento, que havia sido um erro, mas eu não poderia deixar você correr risco de vida, Henry. Entre ser preso e morto...

Julie estava exatamente na mesma posição que eu há três anos, quando meu irmão foi assassinado. Eu tinha uma escolha: prendê-lo ou assisti-lo morrer.

Julie tinha uma escolha: me perder ou me perder.

Não havia chance de eu sair disso.

Não com Leon sendo o assassino do meu irmão.

Aline Sant'Ana

Ele nunca se entregaria para mim, ele continuaria me manipulando até que eu acabasse morto.

Como Hank.

E eu entendia a angústia de Julie.

Porque ela viu o que a vingança me impediu de enxergar.

— Eu não podia te perder — ela sentenciou.

Eu não consegui dizer nada para Julie, porque não havia palavras para agradecer a ela ou ao seu pai, que enxergou além de toda a merda que eu fiz. Então, chorando como uma criança, peguei seu rosto e enterrei minha boca na sua, precisando tanto que ela sentisse o que estava dentro da mim, a gratidão, o amor imenso, que palavras seriam idiotas.

Foi como se o peso do mundo tivesse saído das minhas costas.

O pai dela pigarreou.

Me afastei de Julie lentamente.

O'Hare se agachou para ficar da nossa altura.

— Eu queria ter te conhecido em outras circunstâncias, filho. — A voz dele saiu baixa, séria e muito intimidadora. As nuvens escuras daquela noite quente começaram a cobrar seu preço: uma chuva lenta. O céu em lágrimas, como eu e Julie. — Queria ter sido capaz de conhecê-lo quando ainda era possível salvar seu irmão também. Mas não me arrependo de estar aqui hoje, para ver *você* ser salvo. O que quer que tenha dentro de você, é bom demais para ser perdido por uma vingança, por culpa. É bom demais para a minha filha ter se apaixonado e ter me ligado. Ela me ligou com um tremor na voz, morrendo de medo de que eu optaria por matá-lo e, assim, seria mais fácil. Ela arriscou tudo, porque sabia que você não poderia sair disso, não sozinho.

Engoli em seco.

— Cuide da Julie aqui em Sydney. Proteja-a como eu não posso mais proteger lá dos Estados Unidos. Mas lembre-se: estou a uma ligação de distância. Se quebrar o coração dela, recorde-se do meu cargo e de todas as coisas incríveis que sei fazer.

Eu poderia ter rido, se o meu coração não estivesse tão dividido entre o amor e a mágoa.

O homem sorriu para mim.

Depois, para a filha.

— Te espero no carro, Julie. — Beijou o topo da cabeça da filha.

Ele se afastou quando a chuva apertou. Não sei como ele fez isso, mas havia outro carro esperando pelo homem, um pouco mais distante de onde a van estava. Ele andou lado a lado ao grandalhão que me nocauteou e ambos entraram no SUV, parecendo que nada havia acontecido naquela noite fatídica.

A chuva se tornou uma tempestade. Eu e Julie não conseguimos sair do chão. As mãos dela em torno do meu rosto, o coração dolorido por ter descoberto o assassinato do meu irmão dessa maneira, por ter descoberto que, mesmo em meio a uma dor excruciante, era capaz de amar Julie O'Hare e tudo que ela fez por mim.

— Você me perdoa? — ela sussurrou.

— O que há para perdoar?

Um trovão ressoou pela rua, iluminando o rosto de Julie, os olhos lindos, a boca perfeita.

— Você é tão indomável, tão não maleável, que pensei que me odiaria por ter feito o que fiz. Mas achei que era a solução. Eu não vi saída, de verdade, Henry.

— E não havia uma — concordei baixinho. — Posso ser indomável, Julie. Posso ser difícil, mas... eu compreendo. Você estava na mesma posição que eu há três anos. Por amor, eu preferia entregar meu irmão a vê-lo morto. Eu tentei muito duro, mas não consegui.

— Não é culpa sua, Henry.

— Agora eu sei.

Ficamos uns cinco minutos abraçados na chuva, ajoelhados no asfalto, sem ter coragem de largar um ao outro.

Julie, feliz por eu estar vivo em seus braços.

Eu, feliz por ter alguém que era capaz de lutar por mim.

Por amor, pensei nas palavras que disse a ela. É, confessei mentalmente enquanto sentia Julie em meus braços, *por amor*.

14
Julie

Quarta-feira, 23 de março

Meu pai ficou comigo por duas semanas até ter certeza de que tudo estava bem. Antes de ir embora, pediu que eu parasse de me meter em encrenca e que apenas fizesse a faculdade que escolhera. Eu ri disso. Hoje, depois de tudo, havia motivo, sim, para comemorar.

Era o dia do aniversário de Henry.

Henry havia mudado esse mês, mas seu coração ainda estava quebrado. Tinha passado muito pouco tempo para que pudesse se recuperar.

Acho que nunca vou me esquecer da ligação que o ouvi fazer para os pais, contando que o responsável pela morte de Hank estava preso. Henry não quis escutar as lágrimas deles por perceberem que o outro filho ainda estava vivo e que tinha saído desse mundo. Henry não seria capaz de perdoá-los tão cedo, mas eu sabia que o faria, quando estivesse pronto.

Também não me esqueceria do encontro que o vi ter com o dono do Nightclub. O homem o abraçou, chorando, contente por ter o amigo são e salvo.

Tudo isso foi muito emotivo para mim. Quando estava sozinha e Abigail me perguntou e me pediu uma atualização dos acontecimentos, me permiti chorar no colo da minha melhor amiga. Ela foi um anjo, e eu nunca poderia agradecer o suficiente por tê-la em minha vida.

— Julie, você está comigo? — Henry indagou, trazendo-me para o presente.

Estávamos abraçados no sofá, cheios de bolo e refrigerante. Havíamos comemorado, mas eu queria tantas coisas com Henry, coisas que, por meu pai estar na cidade, por Henry precisar se recompor mentalmente, não tivemos como fazer e...

— Estou.

— Está mesmo? — questionou, a voz rouca.

Fui distraída dos pensamentos quando uma série de beijos começou na minha bochecha, descendo para o pescoço. Henry parecia um predador, ciente de que sua presa já estava em sua armadilha, apenas tomando o tempo certo para abatê-la.

Um arrepio subiu por toda a minha nuca.

— Você não me deu um presente de aniversário — disse a voz grave de Henry.

— Dei sim. — Comprei para ele uma pulseira com as iniciais do seu nome, que costumavam a ser do seu irmão também, Hank Wright, porém, eu queria algo novo, que fosse uma forma de ele saber que também era importante, que também valia a pena ser lembrado e amado.

Como gostar de si mesmo.

Se perdoar, como perdoou o irmão.

Nutrir um amor-próprio merecido.

— Não, Julie. Não ganhei o que eu quero. Ao menos, não ainda. — Henry mordiscou minha orelha.

— E o que você quer? — indaguei, ofegante.

Um grunhido foi sua resposta.

Ah, Deus.

Sim.

Finalmente!

A língua dele acompanhou os lábios macios e instigantes. Ele passou a beijar minha pele como fazia quando beijava a minha boca. Aquele formigamento de excitação atingiu meus seios e o ponto quente no meio das minhas pernas, deixando-me molhada.

Um aviso agudo no clitóris me fez tremer.

Como estávamos deitados no sofá-cama da sua sala, a parte do encosto era mais alta e Henry me tinha em seus braços, minhas costas apoiadas em metade do seu corpo, totalmente à sua mercê. Na TV, um filme que não estávamos vendo parecia coisa do passado.

As mãos de Henry começaram a trabalhar. A que alcançava apenas a parte de cima do meu corpo, por seu braço estar em volta dos meus ombros, alcançou o bico de um dos meus seios. Henry beliscou sobre a blusa, depois acariciou o ponto duro. Escutei nossas respirações acelerarem quando ele invadiu a peça sem sutiã, tocando na pele nua.

Eu estava com uma saia e não foi difícil Henry ter acesso às minhas coxas. A mão dele acariciou ali, ainda beijando o lóbulo da minha orelha. Comecei a me remexer e, embora Henry estivesse paradinho com o corpo, eu sabia o que ele queria.

Sua mão subiu, chegando até a borda de renda da calcinha. Meu corpo clamou por contato quando meu quadril foi de encontro à sua mão, e minhas pernas espaçaram. Henry riu contra a minha orelha, uma risada máscula e vitoriosa.

Seus dedos arrastaram a calcinha para o lado.

Quando sentiu o quanto eu estava molhada para ele, Henry perdeu a risada, mas seus dentes se mantiveram na minha orelha, a outra mão brincando com o mamilo descoberto e seus outros dedos descobrindo a intimidade, me tocando, acariciando lentamente o ponto túrgido e pedinte.

Quando o dedo médio de Henry entrou em mim, arfei.

— Isso — sussurrou, a voz maliciosa. Seu dedo entrou e saiu, brincando de estocar — é *o presente* de aniversário.

Não aguentaria mais sequer um segundo daquilo. Depois de tudo que passamos, a tensão sexual crescendo, o medo da perda iminente de Henry, não conseguiria ser capaz de me segurar. Saltei do sofá, das suas mãos, daquele contato.

Puxei a camiseta pela cabeça e a saia para baixo, com pressa.

Henry, ainda sentado no sofá, não se mexeu. Ficou me olhando preguiçosamente, enquanto eu estava apenas de calcinha fio dental cor-de-rosa.

— Feliz aniversário — sussurrei.

E, assim como eu, Henry não pôde se segurar.

Aline Sant'Ana

Não mais.

Da mesma forma que minhas peças caíram no chão, sua camiseta e bermuda saíram voando pelo piso escorregadio de madeira. Henry deu passos até mim, me pegou no colo, e eu passei as pernas por seu corpo, me encontrando no seu beijo, no seu toque, me achando no sentimento imenso que estava crescendo em mim.

Henry caminhou até o quarto, nossos corpos prensados e começando a trocar calor. Nunca me senti tão excitada na vida, talvez pela espera, talvez pela demora, talvez por nunca ter me apaixonado assim por alguém.

A constatação me assustou.

Mas não o bastante para parar.

— Tudo bem? — ele indagou quando me colocou na cama, subindo em meu corpo, os olhos semicerrados de desejo e preocupação.

Sorri.

— Nunca estive melhor.

E era verdade.

Sua boca encontrou a minha, as mãos de Henry passearam por tudo, desde as curvas das quais me sentia insegura até as partes em que estava com tesão demais para me importar.

A calcinha saiu, e os beijos de Henry se tornaram mais intensos no momento em que comecei a puxar sua boxer para baixo. Sua língua parecia determinar o ritmo, sua boca me levava a um paraíso distante, seu corpo era uma perdição da qual eu não quis nem um pouco ser salva.

Mas tudo aquilo precisou parar um segundo.

Precisei parar de beijá-lo porque precisava *vê-lo*.

Como se soubesse o que eu pedia, Henry afastou o quadril do meu, colocando-o mais para cima. Se apoiou ao meu lado com o cotovelo, dando o espaço que pedi em silêncio no momento em que parei o beijo. Com a mão livre, Henry acariciou a ereção, subindo e descendo a pele. A boxer já no meio de suas coxas, apertando os músculos, a carne...

Caramba.

Seus olhos no meu rosto estudaram minha reação.

Um sorriso sacana na boca, porque ele sabia que era todo lindo.

O membro rosado, grande, grosso... nossa, que homem era *aquele*?

Ele continuou acariciando, subindo e descendo. Não me deu tempo de processar, sua boca veio para a minha e Henry se ajeitou entre minhas pernas, segurando o membro para colocá-lo dentro de mim. Perdida demais, abri as pernas, tão preparada para recebê-lo que minha mente estava anuviada no tesão de senti-lo.

— Você se cuida? — questionou. — Pílula, quero dizer. — Nunca escutei sua voz tão gutural, *tão*...

— Aham... — Foi o máximo que consegui falar.

Então, quando Henry estava quase entrando em mim e pude sentir a cabeça do membro pedindo espaço, parei mais uma vez.

Foi a minha hora de abrir um sorriso malicioso, lembrando-me especificamente de algo que Henry disse um tempo atrás.

Girei em Henry, mudando nossas posições na cama, me deixando por cima do seu corpo forte. Era meio surreal a diferença: ele, tão musculoso, eu, tão franzina. A altura toda de Henry, e eu, tão baixa.

Henry sorriu, tão safado e pervertido, que me fez sentir totalmente feminina e poderosa.

Sentada nele, levantei lentamente os quadris. Segurei a ereção, percebendo que não conseguia fechá-la no aperto, de modo que o polegar encontrasse a ponta dos outros dedos. Henry era realmente grosso e, tão, tão gostoso...

Fui encaixando em seu contato.

Olho no olho com Henry.

Ele entreabriu a boca, precisando de um espaço para respirar, enquanto preenchia-me com seu calor. A sensação de estalo de prazer foi quase imediata. O sexo tocando o clitóris, espaçando os lábios, encaixando-se em mim tão perfeitamente que...

Henry rosnou.

— Caralho, Julie... você vai me matar, é sério.

— Não vou — sussurrei, terminando de completar o espaço que faltava.

Guiei os olhos para onde nos conectávamos. Seu corpo bronzeado contra o meu. Nossa, era uma visão e tanto. Umedeci a boca, montada em Henry, e os olhos dele pareceram preguiçosos ao passear pelo meu corpo.

Um prazer dominador ecoou na expressão deliciosa de Henry.

— Agora sim, Julie. Você é toda minha — decretou, a voz arfante e lenta.

Me mexi uma vez, devagarzinho, me acostumando a Henry.

Ele trincou os dentes.

Alguns segundos depois, meu corpo não me deu paz, gritando para que me movesse. Me inclinei sobre ele, apoiando as mãos em seu peito largo e quente, apenas movendo os quadris. Poderosa naquela posição favorita de Henry, comecei a rebolar com a ereção dentro de mim. Henry jogou a cabeça para trás. Pele com pele, aquilo era tudo o que nós precisávamos no momento.

— Vou mais rápido.

As mãos de Henry foram para a minha bunda, e ele quase se sentou para apertá-la.

Vi estrelas.

— Vem com tudo, amor — pediu, ainda conseguindo sorrir naquela situação.

Com a força das pernas e dos quadris, fui e voltei com todo o entusiasmo que conseguia, pulando em seu corpo, sentindo-o dentro: mais fundo, mais raso, o suficiente para que nós dois gemêssemos juntos.

— Henry...

— Eu sei — ele sussurrou. — Estou sentindo você apertar o meu pau.

Ah, que vocabulário sujo e delicioso...

Uma onda de prazer me engoliu tão forte e tão de repente que precisei gritar. Meus mamilos ficaram sensíveis, pesados, quase perdi a força, mas aquele formigamento me impediu de parar. Eu queria de novo.

Precisava demais de Henry.

Olhei seu rosto lindo: a barba, as bochechas coradas, os cabelos bagunçados, as pálpebras carregadas.

Tudo aquilo era meu.

A cama estremeceu quando fui mais forte, quicando em Henry, pedindo que ele sentisse também, que ele me levasse lá mais uma vez.

— Porra, Julie...

O estalo no clitóris se tornou insustentável quando Henry começou a mover também os quadris. Embaixo de mim, ele vinha, eu ia, o bate-bate de corpos formando um som ritmado, alto o bastante para podermos liberar a voz e gemer juntos, sussurrando nossos nomes, dizendo que éramos um do outro, um sentimento possessivo e tão maravilhoso que...

Henry apertou a minha bunda com uma mão, bem forte. Com a outra, que ele tirou de lá, segurou o meu seio, massageando-o e atiçando o ponto túrgido do bico. Gritei seu nome pela segunda vez quando aquela onda gostosa de prazer varreu meu corpo para um lugar tão longe dali, cheio de nuvens, estrelas e céu limpo. O perfume de Henry atingiu-me com ainda mais força, o cheiro pungente do sexo no ar assim que o meu orgasmo se misturou ao dele.

Senti Henry aliviar o prazer em mim, lento, intenso, precisando ser liberado pouco a pouco, durante quase um minuto inteiro.

Caí em cima dele, sem forças para me levantar.

Com Henry ainda dentro de mim, senti suas bochechas se mexerem e soube que ele estava sorrindo. Lentamente, uma carícia começou com a ponta do dedo dele pelas minhas costas. As gotinhas de suor dançando na pele, tornando-a escorregadia naquela carícia. Os pelos do meu corpo subiram. Henry deixou um suspiro intenso ecoar pelo quarto.

— Você me deixa te amar, Julie?

Virei o rosto para ele, piscando rapidamente.

— O que disse?

— Me deixa te amar?

Umedeci a boca.

— Se não deixar, vou dizer que é tarde demais — sussurrou mais intensamente, a voz rouca pelo sexo e por todos os sentimentos expostos. — Porque eu tô apaixonado pra caralho por você.

— É tarde demais para mim também — murmurei, nossas bocas se aproximando.

Tanto tempo sem ter alguém que o amasse, tanto tempo vivendo nas sombras, sendo impedido por si mesmo de ser feliz.

Estava na hora para Henry.

E para mim também.

— Eu juro que, se você estiver apaixonada...

— O quê? — Ergui a sobrancelha, inquisitiva. — Eu estou!

Henry rosnou e beijou minha boca tão vorazmente que perdi o fôlego pela segunda vez. Quando se afastou, nós dois arfávamos.

— Eu disse que você era a mulher da minha vida, Julie. Cento e cinquenta e três perguntas respondidas de forma certa não poderiam ser equivocadas. Foi o melhor teste que fiz na vida.

— Eu passei, né?

Seus olhos brilharam, maliciosos.

Dessa vez, Henry me virou e seu corpo ficou por cima.

— Só preciso de mais um teste.

Indomável, pensei, enquanto Henry me preenchia mais uma vez.

Ou talvez nem tão indomável assim...

Epílogo

Henry

Alguns anos depois
Domingo, 2 de fevereiro

— Você acha pouco tempo? — perguntei, falando com o pai da Julie no telefone. — Porra nenhuma!

O'Hare gargalhou do outro lado da linha.

— Você é afrontoso, filho.

Ficamos em silêncio, minha mão tremendo dentro do bolso da calça do terno caro — me lembrando de *quem* eu era hoje —, agarrada a uma caixinha, e, a outra, ao telefone.

Julie era o meu primeiro amor. E, atualmente, a minha profissão era o segundo. Não precisei ir contra isso. Eu havia me tornado quem era, porque queria lutar pela vida, pelas pessoas. Sempre tive um senso de justiça e, hoje, eu poderia fazer do lado certo, o lado da lei. Demorou um tempo, mas O'Hare me ajudou a acelerar o processo. Meu QI acima da média ajudou pra caralho também. Passei por provas, fui reconhecido e agora tinha um dos cargos mais importantes de Nova Gales do Sul.

Meus pais estavam orgulhosos.

E eu finalmente consegui compreendê-los e aceitá-los.

Atualmente, ser quem eu era, era motivo de orgulho.

Apenas o lado de luz, Henry. Agora, você uma cidade iluminada de vida e amor, as palavras de Julie vieram à minha mente, em uma das vezes que fizemos amor, das inúmeras.

Todas elas responsáveis por curarem o meu coração.

— Doutor Wright, se você quer a minha filha, acho bom se ajoelhar direito.

— Isso é um sim, senhor presidente?

— Não sou um homem de dizer diretamente as minhas respostas. Você sabe, eu sou o presidente dos Estados Unidos.

— É um sim, O'Hare! — afirmei, feliz, pouco me importando com seu cargo político atual.

— Acho bom se ajoelhar direito — repetiu, rindo.

Sorri quando ele desligou o telefone.

Encarei a pulseira que Julie me deu de um lado.

O relógio do meu irmão do outro.

— Queria que você estivesse aqui para me ver sendo domado, Hank.

Não tive tempo de me emocionar.

Não por *aquele* motivo.

As portas da corte foram abertas bruscamente. Os policiais fizeram o que eu pedi, e agradeci mentalmente por ser o juiz do estado de Nova Gales do Sul, sendo importante e tal.

Julie entrou, com a bolsa no braço, pastas do outro, sendo a administradora mais linda daquela maldita cidade perfeita.

Aquele era o meu lugar.

Julie era o meu lugar.

Esperei alguns segundos para que ela entendesse...

A boca de Julie se abriu quando não viu ninguém.

Para ela, esse era apenas mais um dos meus casos, mais um dos meus julgamentos, que gostava de assistir e me apoiar.

Julie não fazia ideia.

As luzes foram apagadas, como combinado. Em troca, inúmeras luzes pequenas foram acesas sobre nossas cabeças. Pisca-piscas em formato de estrela.

A luz na escuridão, Julie.

Me abaixei em um joelho, dobrando a outra perna.

Estendi o anel.

Quando ela compreendeu o que era, a vi piscar mais rápido que o ponteiro dos segundos, tantas vezes que meu coração acelerou junto àquele movimento.

— Julie...

Eu esperei esse momento. Porque precisava de uma segurança financeira, porque queria que ela realizasse o seu sonho antes de começarmos uma vida, também. Agora, estávamos bem. Morando juntos, estáveis, em paz. E eu também queria me redimir, queria poder ser um homem para ela, queria ser quem Henry Wright era *hoje*.

Eu me tornei tudo aquilo.

Por mim, por Hank.

Mas, especialmente, por Julie.

Não tive tempo de continuar a dizer o que escrevi tantas vezes em um papel, de perguntar o que eu queria perguntar, porque ela largou suas coisas no chão brilhante de madeira, pouco se importando com elas, e correu até mim.

Meu coração deu um salto.

Ela se abaixou, ficando também de joelhos, pegando o meu rosto entre as mãos, beijando-me como se eu tivesse acabado de dizer que ganhamos na loteria.

— Sim? — perguntei a ela. O mesmo questionamento do nosso primeiro beijo real, o começo de um incêndio que já havia se iniciado desde o dia dois de fevereiro de dois mil e dezenove.

Desde o dia de hoje.

Um sorriso completo naquela mulher se formou.

Lágrimas escorrendo de felicidade em seu rosto lindo.

Ela não hesitou.

— Sim.

Fim

Nota da
Autora

Foi muito desafiante escrever este conto. Ele retrata um país que eu não conhecia muito até precisar mergulhar nas pesquisas para dar veracidade aos fatos. Assisti J-Dramas, vi vídeos no YouTube sobre brasileiros que foram morar lá e identificaram alguns pontos importantes, até vídeos de brasileiros que namoram japonesas. Li artigos e até um TCC que retrata a hierarquia japonesa. Descobri um mundo novo, uma cultura completamente diferente da nossa, onde o sobrenome vem antes do nome, as promessas são seladas por palavras, os homens honram o que dizem, adolescentes de dezessete anos são mais adultos que nós, onde não há contato visual com muita frequência e o mínimo toque é um flerte, assim como o "eu te amo" vem antes de um beijo. Quero dizer que, após todo o estudo, tentei trazer o máximo do Japão para vocês, mas, claro, usei a licença poética e permiti algumas coisas que, talvez, não sejam tão comuns por lá. Como precisava ser um conto e, ao mesmo tempo, um romance, precisei acelerar alguns fatos. O costume no Japão é de as coisas acontecerem com mais lentidão do que a forma que foram retratadas aqui, mas, assim como o nome da série é "Sem Fronteiras Para O Amor", o sentimento é universal e, quando se ama, o que são as regras, não é mesmo?

Boa leitura!

Com amor,

ALINE SANT'ANA

SEM FRONTEIRAS PARA O AMOR #3

JAPONÊS
Prometido

Editora
Charme

Parte 1

Dedicado à Letícia Bresolin.

Eu entrego Takeshi (a íntima!) ao seu coração.

Espero que toda a pesquisa, amor e carinho que dediquei a essa história te façam sorrir e se apaixonar de verdade.

1
Sakura

Res·pei·to

1. Sentimento que nos impede de fazer ou dizer coisas desagradáveis a alguém.

2. Apreço, consideração, deferência.

3. Acatamento, obediência, submissão.

4. Medo do que os outros podem pensar de nós. = RECEIO, TEMOR.

Fechei o dicionário de inglês com força.

Era isso que movia os meus pais e toda a minha família. Não somente por sermos japoneses, mas pela tradição que nos cercava. Idolatrava-os, apesar de ser contra muitas de suas escolhas.

No entanto, o que uma garota de vinte e um anos poderia saber da vida?

Chichi-ue, meu pai, dizia que eu precisava respeitar as tradições, e era exatamente isso que ele queria que eu fizesse. Que o respeitasse. Se ele disse, eu precisava seguir a ordem, até porque éramos de uma família rica e importante em Tóquio. E, por mais que muitos não seguissem mais as regras rígidas da sociedade, *chichi* fazia questão de tê-las em sua família. O que eu achava bem ridículo.

Sobre a questão não dita, nos tempos atuais, as pesquisam indicavam que oitenta e sete por cento da população japonesa se casava por *amor*.

Acredite, eu pesquisei.

E sou os treze por cento.

O meu futuro não seria decidido pelo sentimento.

Estava predestinado.

— Não acho que será tão ruim, *musume*. — Mamãe usou o termo mais doce de filha, buscando me conquistar com a voz suave e recatada. Apertei o dicionário com mais força nos dedos. — Você pode optar por não o escolher. É só olhar a foto e dizer não ao seu pai.

— E adianta eu olhar a foto, se *chichi* quer que eu me case com esse homem de qualquer maneira?

— Ele pediu apenas um encontro, *musume*.

— É o bastante.

Mamãe não disse nada. Igarashi Akemi era esperta demais para contrariar a filha única e o marido determinado. Essa briga estava muito além de sua alçada. Era uma discussão entre pai e filha.

Ela se levantou e, apesar de todo o carinho maternal, me deixou sozinha no quarto, para que eu pudesse talvez demonstrar as emoções que sentia sem que fosse vergonhoso para ela vê-las.

Acontece que eu não derramaria sequer uma lágrima.

O problema, para azar dos meus pais, é que eles não me viram lutar. E, no que me restava de respeito próprio, sabia que eu não cairia sem que conseguisse realizar ao menos um de meus sonhos. Talvez, até fugir para outro país, mais tarde.

Quando me levantei e abri a porta, percebi que Igarashi Hiroki me esperava na sala, bebendo saquê, confortavelmente apoiado em um dos sofás mais caros que os ienes poderiam comprar. Ele parecia saber que haveria retaliação, que sua filha o decepcionaria pedindo algo em troca. *Chichi* estava tentando ter essa conversa como mais uma de suas negociações e, sabendo bem que ele era ótimo no que fazia, não sei por que fiquei surpresa ao vê-lo lá, preparado.

Fiz uma mesura em respeito. Me inclinei porque reconhecia o direito do meu pai de interferir em assuntos sobre os quais eu preferia decidir por mim mesma.

Não sei se gostava dessa hierarquia.

— Você sabe que isso deveria ser proibido no Japão, não sabe? — comecei atirando, contradizendo a mesura respeitosa feita anteriormente. Não deveria. Eu treinei isso mentalmente várias vezes, mas o sangue que corria em minhas veias pulsava com ansiedade.

— Eu não estou obrigando você a casar com ele.

— Sim, está.

Chichi respirou fundo.

— Você pode acabar se apaixonando, Sakura.

Ri de escárnio e precisei fechar os olhos por alguns segundos. Toda a emoção que não quis demonstrar no quarto para *haha*, minha mãe, parecia querer expelir por cada poro.

— Eu não quero brigar — ele completou, baixinho.

Em abril, minha faculdade retornaria, e *chichi* queria que eu a concluísse. Somado a isso, desejava que eu já saísse de lá com a perspectiva de um casamento multimilionário. Porque, seja quem for o homem que ele queria que eu me casasse, era importante demais para a sua rede infinita de hotéis.

— Matriculei você, durante o fim de suas férias de primavera, para que realizasse um de seus sonhos. Pressuponho que era exatamente isso que queria, certo? Te dou as aulas e, em troca, você poderá aceitar o convite de sair com o filho dos donos da indústria Murakami. — *Chichi* fez uma pausa, estendendo para mim uma folha sulfite. — Não ligo de fazer essa arte marcial, sei que vai se sentir confiante e equilibrada espiritualmente. Vai ser bom, Sakura. Para os dois lados.

Pisquei, atordoada.

— Você está vendendo a sua filha para os donos das indústrias Murakami?

— Não estou vendendo você. Estou te propondo um encontro com o rapaz. Poderá conversar com ele virtualmente. Sei que isso aproxima vocês, jovens, e torna possível se conectarem mais apropriadamente.

Dei um passo para trás.

Já havia escutado sobre os Murakami. Quer dizer, esse era o nome da empresa, eu não conhecia os responsáveis pelas indústrias mais bem-sucedidas do mundo. Papai tinha contato com eles? Isso me amedrontou e entristeceu, porque parecia inevitável. Imenso, na verdade. E não havia chance de eu escapar desse casamento, nem se eu quisesse, só se fugisse.

Por um instante, eu quis gritar. Dizer que, no século vinte e um, era ridículo ele obrigar a filha a casar, ainda que existissem os casamentos por indicação no Japão — os famosos *Omiai* — e, embora muito raramente, era algo em que em nossa posição social era difícil de se ignorar.

Meus pais nunca me iludiram a respeito de um amor verdadeiro ou de qualquer coisa relacionada a sentimentos. Tanto que nunca namorei, porque qualquer mortal seria incapaz para mim.

Exceto... os Murakami.

Mas eu ia baixar a cabeça, dizer que tudo estava bem, enquanto planejaria em suas costas uma fuga.

Encarei meu pai, amando-o tanto e o odiando-o na mesma proporção que foi difícil respirar e agarrar o papel.

Era uma matrícula, ele não havia mentido. As aulas de *aikido* começariam no dia seguinte.

— Quando precisarei ter um encontro com o Murakami? — perguntei, a voz surpreendentemente firme, mas meus olhos não se agarraram ao meu pai.

— Daqui a três meses, Sakura. Vou te passar o contato dele amanhã cedo e espero que o adicione em seu celular para poderem se conhecer. Os pais do rapaz me disseram que ele também está tendo dificuldades em aceitar essa... *proposta...* que fizemos. Ele pediu três meses de contato diário com você pela internet para depois haver uma resposta do possível encontro.

Fiquei em silêncio tempo o bastante para pesar o ambiente.

— Isso é tudo, *chichi-ue*? — Usei o termo menos usado em nossa cultura, algo respeitoso para designar um pai de uma família tradicional.

Ele assentiu uma única vez.

E me deixou ir.

Já sozinha, agarrada ao meu sonho — o *aikido* e a chance de sair dali —, em um quarto vazio e escuro, tive um sono agitado e um pesadelo com imagens de uma indústria imensa me puxando com seus tentáculos e me tirando do conforto de casa.

Aline Sant'Ana

2
Takeshi

Fazia apenas dois meses desde que o *dojô* foi reaberto. Esse lugar era como um templo sagrado para mim, e o meu mestre havia voltado das suas curtas férias para continuar a me ensinar. *Aikido* era uma arte que deveria ser feita de dentro para fora e, por mais que eu estivesse muito à frente no desenvolvimento dela, sabia que ainda possuía um longo caminho a percorrer.

Ainda mais com a notícia terrível que recebi ontem à noite.

Eu precisava de muito autocontrole mesmo.

— Miyamoto vai recebê-la. Ele será o seu *shidoin*. — Escutei a voz do meu *sensei* conversando com uma garota em particular. Amarrei mais o quimono, ficando ereto para me preparar para uma mesura respeitável.

Não cabia a mim treinar ninguém. Ainda não poderia ser considerado um *sensei*, apenas um aluno em desenvolvimento, mas o pai dela veio aqui, quando eu não estava, e conversou com o meu mestre, avisando-o que desejava especialmente que eu a treinasse. *Sensei* disse que talvez essa fosse uma lição da vida para me fazer aprender a direcionar o próximo, a oportunidade perfeita para melhorar como pessoa.

Eu não era um bom homem.

Não estava em equilíbrio com o lado de luz e sombra, muito menos era respeitoso com as regras da família Miyamoto. Estava me sentindo fora de quadro, querendo ir para qualquer lugar longe dali, e por isso entrei no *aikido* anos atrás. Era mais fácil buscar uma arte marcial que possuía o foco na paz interior e exterior do que lembrar do caos que era a minha vida.

Sempre rebelde, um passo à frente, longe de todas as regras impostas. Ao menos ali, em cima daquele tatame, eu poderia ser quem eu quisesse.

— Sou Igarashi-desu. Prazer em conhecê-lo, Miyamoto-kun. — A menina fez uma reverência respeitosa, chamando a minha atenção para o presente.

Antes de ela voltar para a posição ereta, me lembrei de cumprimentá-la também e repetir o seu movimento. Quando voltamos, nós dois nos olhamos por alguns segundos. Não era polido e extremamente constrangedor encarar, mas o que deveria ser um segundo ou dois levou tempo demais.

Ela era miúda, não deveria passar do um metro e cinquenta e cinco de altura. Os cabelos lisos eram de um tom castanho-escuro e uma franja cobria toda a testa, pairando em cima dos cílios longos. Os olhos eram adoráveis, em um tom castanho-claro, e o seu nariz era pequeninho, suave. Todos os traços de seu rosto traziam a aparência de uma personagem dos animes, dos filmes que assistíamos na TV. Tão bonita, que poderia ser uma musa pop, ou qualquer coisa relacionada ao público.

Desviei o olhar antes que ela me achasse grosseiro.

O que eu realmente era.

— O prazer é meu, Igarashi-san — falei rigidamente.

— Ele irá treiná-la — o *sensei* disse. — Provavelmente vai te passar os valores do *aikido* antes que você possa pensar em subir nesse tatame. Lembre-se de sempre fazer uma reverência ao lugar, porque aqui é o nosso refúgio e o nosso lugar de paz. Vou deixá-los.

O *sensei* não fez cerimônia. Ele simplesmente fez uma reverência para nós e saiu. Eu o admirava por isso. Pregava a paz e a sanidade mental e espiritual, mas não tinha paciência nem saco para algumas regras sociais, ainda que tivesse cerca de sessenta anos e, por isso, deveria ser rígido quanto a tudo nesta vida.

Observei Igarashi.

Ela não conseguiu sequer se mexer. Estava deslocada. Apesar do quimono e da faixa branca em sua cintura, parecia totalmente inapta para a luta. Não que o *aikido* precisasse de uma estrutura física fenomenal, qualquer um poderia fazê-lo, e nós nunca aplicávamos golpes que fossem mortais. O objetivo do *aikido* era apenas imobilizar o inimigo. Era uma luta de paz, o que era muito contraditório com a minha personalidade. Ainda assim, Igarashi não parecia pronta.

— Me acompanhe, por favor.

— Sim. — Igarashi assentiu.

Eu a fiz sentar no tatame comigo e nós dois ficamos em *seiza*, de joelhos, com os quadris apoiados nos tornozelos, um de frente para o outro, a uma distância bem respeitosa.

— Por que veio em busca do *aikido*? — questionei.

Ela ficou rígida imediatamente.

— Preciso mesmo responder a essa pergunta?

Ergui uma sobrancelha.

— Bem, preciso saber qual é o seu objetivo.

— Sempre quis fazer a arte marcial que remete à paz. Mesmo que isso seja totalmente contrário à minha personalidade. Quero me tornar uma pessoa melhor, quero organizar a minha parte interna, os meus pensamentos. Tenho certeza de que o *aikido* vai me ajudar nisso.

Nossa, esse era o meu discurso. Fiquei surpreso.

— Levante-se.

— Como?

— Levante-se, por favor — pedi novamente.

Ficamos em pé.

— Pensei que fôssemos treinar depois de você me passar todos os valores da arte marcial — Igarashi observou.

— Não vamos treinar.

— Não?

Eu poderia ter sorrido para ela, mas eu era antipático. Me mantinha distante de todos os tipos de relacionamentos pessoais, especialmente com desconhecidos. A única pessoa que me conhecia de verdade era o meu *sensei*. Nem meus pais sabiam quem Takeshi era. Eu preferia deixar assim.

— Me mostre o seu soco.

— Soco? Isso não é importante. *Aikido* não é sobre socos e...

Ergui a sobrancelha mais uma vez e isso a fez não concluir a frase.

— Quem está ensinando quem, Igarashi? — questionei, ríspida.

Percebi que ela ficou nervosa com aquilo, a provocação e a pergunta ácida. Não facilitaria para a menina. E ela não parecia acatar ordens muito bem. Essa era a primeira regra do meu *sensei*: veja como a pessoa se comporta com os seus ensinamentos. Se ela está disposta a aprender de verdade, fará o que você pedir. O que importa é a ação.

Estiquei os braços à frente, no espaço entre nós, na altura de seus olhos. Abri as palmas para ela, esperando, aguardando o soco.

Vai, não me decepciona, por favor.

Minutos inteiros se passaram até que Igarashi tivesse coragem para se posicionar da forma que achava certa. Não tentei corrigi-la, porque isso não era boxe, ou sobre a forma certa de apoiar os pés no chão. Era sobre aquela menina acatar uma ordem e demonstrar a mim o seu desejo de aprender o *aikido*.

E, então, ela socou.

Foi fraco, não fez sequer uma cócega na palma da minha mão, mas ela atacou e fez o que foi pedido. Uma sensação calorosa cobriu-me. Era parecida com o sentimento de orgulho, que achei contraditório tê-lo por uma desconhecida.

Abaixei as mãos e notei as bochechas coradas de Igarashi antes de ela abaixar as dela também.

— Agora, volte a sentar. Vamos conversar sobre o *aikido*.

— Espera — murmurou, surpresa. — Isso era um teste?

Assenti.

Igarashi se sentou novamente em *seiza*.

— Sou toda ouvidos.

3
Sakura

Assim que voltei da aula de *aikido*, *chichi*, meu pai, quis conversar comigo no escritório dele. Mais uma vez, como uma de suas reuniões empresariais, me fez sentar do outro lado da mesa, mesmo exausta, e me deu um sermão sobre ser responsável com as aulas, comparecer a elas sempre e... cumprir minha parte do acordo.

— Aqui está o número do filho dos Murakami. Converse com ele, conheça-o. Vai ser bom para vocês dois.

Contive a vontade de bufar, de rolar os olhos ou simplesmente atacar meu pai com socos e chutes. Eu precisava de um plano para fugir do país, mesmo que eu não tivesse dinheiro suficiente — ainda — para isso. Se eu demonstrasse rebeldia, *chichi* seria capaz de ver por trás de todo o plano.

Seria difícil abandoná-los, *chichi* e *haha*, papai e mamãe. No entanto, entre a chance iminente de me casar com o homem mais rico de Tóquio e simplesmente ser feliz em outro lugar... bem, a escolha certa era óbvia.

Obriguei-me a abrir um sorriso.

— Vou adicioná-lo agora mesmo.

Ele assentiu uma única vez, dizendo com o gesto que a conversa estava acabada.

Fui para o quarto e não encontrei ninguém no caminho. Fiquei feliz. Não estava com humor para acalmar os nervos de *haha,* minha mãe, e muito menos para lidar com qualquer outro convidado dessa casa imensa. Fechei a porta, joguei-me na cama e encarei o papel com o número anotado do rapaz.

Peguei o celular.

Pensei por um momento ou dois se deveria enviar uma mensagem. Isso era estranho. Por que eu tinha que fazer isso? Tudo bem que entraríamos em contato cedo ou tarde, mas parecia algo relacionado a um carma, que eu não queria ter que lidar e dar o primeiro passo.

Sentei-me na cama e decidi emanar algo para o universo. A frase me iluminaria, para retirar todos os obstáculos externos, internos e secretos. Para que eu pudesse tomar as decisões certas.

— Tchi nang sang eu bar tched ji ua dang — *murmurei.*

A prece budista saiu dos meus lábios antes que eu tivesse pensado muito sobre ela. Acabei pegando o celular e adicionando o número do rapaz nos meus contatos. Coloquei o nome dele como Murakami. Seria o suficiente para não me esquecer do compromisso que selava nós dois.

Eu: Olá, aqui é a filha do Hiroki. Presumo que já tenham falado de mim para você.

A resposta não demorou a vir, o que me surpreendeu. E fez meu coração bater com força. Não a abri de imediato, estudando as reações do meu corpo.

Repreendi-me, porque isso estava acontecendo muito frequentemente hoje. Sempre fui uma pessoa fria, distante. A ansiedade não poderia me consumir e fazer meu coração pular no peito, até porque ele já fez isso e eu estava revoltada com esse órgão besta demonstrando qualquer interesse.

Bateu por Miyamoto.

Assim que encarei seus olhos castanhos, a pose de atleta dentro do quimono, pensei que ele era um homem arrogante. Não sorriu, não demonstrou nada, e o fato de ter me encarado por mais tempo do que a etiqueta permitia me fez ter plena consciência de que era, sim, meio grosseirão e rude.

Mesmo com todas essas críticas, meu coração tropeçou. Ele era atraente, muito bonito mesmo, o que me assustou. Não deveria ser desse jeito, deveria? Um instrutor de *aikido*, na minha mente, era um senhor mais velho, um *sensei* de verdade, e não um homem de vinte e poucos anos.

Respirei fundo, dispersando os pensamentos de Miyamoto, e indo para o homem que seria o meu futuro marido se eu não conseguisse escapar dessa prisão ridícula e dessa imposição estúpida dos meus pais.

Murakami: Olá, *hanayome*. Como você está?

Fiquei vermelha por ele usar *hanayome*. Como se fosse sua noiva.

Será que ele não era japonês?

Ah, que besteira, claro que era. Mas os homens do meu país não faziam piadinhas íntimas, muito menos se dirigiriam a uma mulher dessa forma. *Jamais.* Se era japonês, teria passado um tempo em outro lugar? De verdade, o choque ficou estampado em todo o meu rosto, a vermelhidão cobrindo as bochechas e o pescoço. Eu não sabia o que responder.

Meu coração bateu rápido de novo.

Eu: Isso foi íntimo demais!

Ele digitava muito rápido e certamente estava acostumado a mandar mensagens pelo celular.

Murakami: Nós vamos casar. Para que formalidades?

Eu: Vamos?

Murakami: Tem algo que você diz que não é uma pergunta?

Não consegui conter... e ri. O que era isso? Nossa, francamente, ele era o oposto do que eu pensava.

Eu: Existe, sim.

Murakami: Eu começo as perguntas. Me diz, o que você gosta de fazer?

Por algum motivo, não conseguiria dizer que gostava de lutar. Eu nem tinha feito a primeira aula direito. Os olhos de Miyamoto vieram imediatamente à minha mente.

Balancei a cabeça.

Não, eu precisava fazer dar certo com Murakami. Ele não poderia dizer aos pais que eu estava me rebelando, até porque *chichi* suspeitaria.

Eu: Cantar em karaokês.

Murakami: Nosso primeiro encontro, então, será em um karaokê.

Eu: Você canta?

Murakami: Não, sou péssimo. Mas você poderá cantar para mim. :)

Eu: Você nem sabe como eu sou e já está falando sobre encontros?

Murakami: Temos três meses para nos conhecermos. Acho que será o suficiente para ter uma noção de quem você é.

Eu: Não sei se será o bastante para marcarmos um encontro.

Murakami: Difícil assim, hein?

Eu: Realista! Nossas famílias querem nos juntar sem nem querermos isso. Sequer nos conhecemos!

Eu não deveria ter digitado isso, mas algo sobre a forma que Murakami estava lidando com nós dois, especialmente de forma tão suave, quase como se não se importasse de ter um casamento arranjado por outras pessoas, me irritou profundamente.

O que era péssimo, porque ele já tinha lido a mensagem, então, não poderia apagar.

Murakami: Eles querem nos juntar e você não quer isso. Eu também não. Mas vamos lidar com isso da melhor forma possível. Vamos ser amigos. E, então, vamos nos encontrar e diremos a eles que não aconteceu uma química. Portanto, poderemos sair ilesos. Você nem esperou eu ser legal para me cortar, o que me faz pensar: você é igualzinha a mim.

Me empertiguei na cama, ficando mais ereta e desperta.

Eu: Você também não quer isso?

Murakami: Um casamento arranjado para o bem financeiro dos meus pais? Nunca.

Eu: Nossa, eu nem sei o que digitar. Que bom!

Murakami: Fica tranquila. Jamais me casaria com você se não quiséssemos isso. Sou rebelde. ;)

Eu: Somos dois, então.

Seria possível encontrar em Murakami um aliado? Alguém que me ajudaria a não viver esse pesadelo de casamento arranjado? Caso fosse realmente da forma que ele estava dizendo, eu não precisaria fugir, poderia continuar a minha vida, a faculdade e o relacionamento com meus pais. Se nós dois disséssemos não, nenhum de nossos pais poderiam interferir.

Murakami: Temos um acordo?

Eu: Temos!

Respirei em paz pela primeira vez em muito tempo. Deite-me entre os travesseiros, com um sorriso bobo no rosto. Por um segundo, tentei imaginar como Murakami era. Se possuía o mesmo nível de beleza de Miyamoto.

O instrutor de *aikido* era mais alto do que eu, cerca de um e setenta e cinco, talvez, de altura. Os cabelos pretos e lisos eram cortados de um modo despojado, caindo sobre a testa e parte dos olhos não tão puxadinhos, mais suaves que os meus. A cor deles? Algo que nunca vi na vida. Um tom grafite. Os lábios eram cheios, e o queixo acompanhava o maxilar quadrado. Nenhuma barba, o rosto liso. Mas tudo nele era agradável de se ver.

Murakami conseguiria chegar ao nível *dessa* beleza?

E por que eu estava pensando no meu professor de *aikido*?

Estava com sérios problemas, porque meu coração, mais uma vez, bateu forte.

4
Takeshi

Essa seria oficialmente a primeira aula da Igarashi. É evidente que ela sabia que o *aikido* não é uma arte marcial que remete à violência e à luta, até porque é o extremo oposto. Quando expliquei a ela sobre os termos principais usados no *aikido*, a vi assentir e me dizer que tinha estudado sobre o assunto.

Ela estava ainda mais bonita hoje do que a última vez que a vi. Algo mais suave em seu semblante e nas bochechas coradas me fez desviar o olhar.

Pensando na parte profissional do assunto, teríamos aulas três vezes por semana, que seria o suficiente para ela pegar bem o conceito do *aikido* antes que pudesse voltar às aulas da faculdade. Foi isso que a motivou a frequentar mais vezes, e de forma particular, para não perder um único movimento ou conhecimento da arte.

O *sensei* não poderia dar aulas particulares. Ele me explicou isso quando contou que o horário dela era diferente dos outros. Ele nos largava no *dojô*, lugar sagrado em que treinávamos, apenas para que eu pudesse criar um relacionamento com Igarashi sem que fôssemos interrompidos por outros alunos.

— Igarashi, preciso que você lave os seus pés antes de entrar no tatame. Vejo que já comprou seus chinelos, muito bem.

— Lavar os pés?

— Sim, é respeitoso.

— Ah, certo — ela murmurou e foi até o banheiro com seus chinelos limpos.

Assim que voltou, estava pronta. Tentei não reparar no quanto os pés dela eram pequeninhos e bonitos.

Nossa, ela é toda linda.

Pisquei, envergonhado.

Aline Sant'Ana

— Fico de joelhos novamente?

— Sim. — Fiz uma pausa, constrangido. Em seguida, passei as mãos nos cabelos para dispersar os pensamentos. Assim que ela voltou à posição, iniciei: — Quando você me vir, quando começar as aulas, poderá se dirigir a mim como *sensei*. Sou um *shidoin*, mas serei seu mestre e será mais apropriado...

— Não conheço o seu nome. Como te tratar por *sensei*? — ela perguntou, me interrompendo, parecendo bem petulante e segura de si.

A primeira coisa que veio à minha cabeça foi rebatê-la.

Mas eu não ganharia o respeito que precisava ganhar dela.

Dobrei-me diante dela, em mesura. Coloquei as mãos espalmadas no tatame e quase encostei a testa no chão.

— Miyamoto Takeshi — falei, rouco, o calor da minha voz batendo no tatame e vindo ao rosto.

Voltei à posição normal.

Os olhos dela brilharam.

Então, Igarashi sorriu.

Eu não estava pronto para ver o sorriso dela. Achei que nunca veria, o que era idiota. Como poderia passar semanas com aquela menina, aquela *mulher*, sem vê-la sorrir?

Algo se revirou no meu estômago. E eu não era idiota. Já passei da fase da adolescência há muito tempo, já tive um primeiro amor, sabia o que era atração física... e definitivamente estava começando a me sentir atraído por ela.

O que seria difícil e extremamente constrangedor.

Precisava erguer um muro entre nós. Eu tocaria em Igarashi, para ensiná-la como se defender. Eu chegaria perto dela, sentiria seu perfume e isso... era errado.

— Takeshi-san — testou meu nome em seus lábios, gostando da sonoridade.

Pisquei.

Porque -san, apesar de respeitoso, como senhor ou senhora, pareceu íntimo saindo de sua boca. Então, eu precisei corrigi-la.

— Takeshi-sensei.

— Gosto mais de -san.

Rolei os olhos.

— Você precisa me respeitar, Igarashi. Serei seu mestre. Preciso que me dê um pouco de crédito aqui.

As bochechas dela ficaram coradas.

— Me desculpa. — Imediatamente se dobrou em sinal de arrependimento.

Não fazíamos muito contato visual. Os olhos dela estavam sempre abaixo do meu rosto, no meu peito, por exemplo. Exceto quando ela queria dizer algo muito petulante e se sentia segura para rebater. Daí sim, meus olhos.

— Igarashi.

Já em posição ereta, piscou rapidamente e não me encarou.

— Olhe para mim — pedi baixinho.

Ela o fez.

Algo se revirou em mim mais uma vez.

Paredes, Takeshi.

— Me chame de Takeshi-sensei. Embora não mereça o título, será exatamente o que vou ser para você durante o tempo que teremos. Seu mestre. Você escutará minhas ordens, me respeitará, quero escutar *onegai itaishimasu* quando me vir — um pedido para que eu te ensine — e, quando terminar de escutar minhas lições, *dômo arigatô gozaimashita*, soando grata pelo ensinamento. Respeite o templo, respeite a si mesma, respeite a mim. Estas aulas serão um conhecimento interno, muito além de compreender seu corpo e do que ele é capaz. — Pausei. — Você pode, Igarashi. Mas não será fácil. E você precisa levar a sério.

O silêncio reinou por tempo suficiente para ver que, enquanto falava, Igarashi prendia a respiração. Ela exalou de repente assim que terminei.

Os olhos dela brilharam.

E ela não deixou de me encarar nem por um segundo.

— Takeshi-sensei, agradeço por seu ensinamento. Estou pronta.

Dei um passo para perto dela.

E depois outro.

Fiquei perto o suficiente para um arrepio subir pela minha coluna. Sem tocá-la, sem senti-la, sem me arriscar de qualquer modo. Eu queria que ela sentisse a minha presença.

— Vamos aquecer, Igarashi.

— Aquecer? — A voz dela tremeu e ela baixou o rosto.

Sorri sem que ela visse.

— Preciso do seu corpo pronto para os rolamentos. — Pausei. — Vamos.

5
Sakura

— O lámen está uma delícia! — Yuririn disse, animada. Estudamos juntas desde o ginásio e pegamos a mesma faculdade. Agora, estávamos nos encontrando no período das férias e ela estava empolgada com o lámen mais gostoso de Tóquio.

Eu também.

Sorri para ela.

— Então, me conte como estão as coisas com o noivo virtual.

Encarei-a, chocada, deixando os *hashis* frouxos nos dedos.

— Ah, você sabe! — Ela pareceu despreocupada e sugou o macarrão entre os lábios. Após mastigar, continuou: — Aquele que os seus pais querem que você se case.

— Ele se tornou um amigo. É um aliado. Não vamos nos casar.

Expliquei o nosso plano e Yuririn ficou feliz por mim. Ainda assim, tinha algo em seu semblante que não pude identificar.

— Mas... ele é legal? — perguntou, misteriosa.

Pensei por um momento.

Estávamos conversando boa parte do dia. Descobri várias coisas sobre Murakami. Ele era muito honrado, gostava de cumprir as promessas e as palavras que dizia, exceto quando se tratava de seus pais. Me contou que o seu pai queria que ele herdasse as indústrias, mas Murakami tinha outros planos. Contou que namorou uma garota por alguns anos e, honestamente, pelo que pareceu, foi apenas ela. Apesar disso, Murakami parecia cem anos-luz à minha frente. Não duvidava que já tivesse ficado com diversas meninas. Falou que, quando queria se distrair, ia para alguma festa e aproveitava a vida.

Bem, ele continuava com aquele humor estranho e divertido. Me lembrei da época da escola, em que havia um menino que era o mais popular e apelidado de *Rei dos Corações*, por ser do jeitinho do Murakami. Sim, ele era legal. E perigoso.

Perigoso? O que estou pensando?

— Ele é... diferente.

— Como assim?

Mostrei as mensagens para Yuririn. Ela ficou corada por mim enquanto lia, e eu revirei os olhos. Com aquele humor espalhafatoso dela, começou a me chacoalhar assim que terminou.

— Ele gosta de você!

— Claro que não! Ele nem me conhece, nem sabe como sou. E esse jeito dele não é indicativo de nada. Lembra na escola? O *Rei dos Corações*?

— Não! Isso é diferente, Sakura. Ele está tentando te fazer rir.

— Está?

Ela riu.

— Sim!

Passei os dedos pelas mensagens.

Ele realmente fazia piadas autodepreciativas que me faziam rir. Falava sobre a vida e via o lado cômico de tudo. Totalmente diferente da frieza de Takeshi-sensei, que levantava muros de gelo entre nós. Os dois eram extremos opostos de uma mesma moeda. Um, eu via pessoalmente e me tratava de uma forma fria e distante, claramente me deixando apenas como sua aluna. O outro não passava da internet e nem queríamos que mudasse isso, mas me fazia rir e, surpreendentemente, parecia mesmo uma boa pessoa.

O problema é que nunca vi Murakami como uma possibilidade de relacionamento. *Nunca*. Isso era ceder aos caprichos do meu pai e, se eu desse um indicativo de que gostava dele, era capaz de o casamento ser planejado para o dia seguinte. Eu não o conhecia, o que estava sentindo por ele era uma afinidade.

E, por Takeshi, uma atração.

Corei com o pensamento.

Não era tão boba. Já havia beijado alguém, já havia experimentado isso e, talvez, minha mente fosse levada durante as aulas para um cenário... errado. Havia sonhado na noite passada com Takeshi me beijando e nunca acordei tão atordoada na vida.

Ele era bonito demais para o meu bem.

— Você está aqui, Sakura?

Encarei minha amiga. O lámen esfriou.

Pisquei.

— Acho que estou interessada no meu professor de *aikido*.

— O quê? — ela gritou.

Quase subi na mesa para tampar sua boca. Assim que a alcancei, com a mão sobre os lábios de Yuririn e os olhos arregalados, percebi que a atenção estava em nós.

Todos no restaurante nos olhavam.

Pedi desculpas e eles continuaram suas vidas.

— Mas, e Murakami?

— Não vou me casar com ele — afirmei, convicta.

— E o seu instrutor de *aikido*...

Baixei a cabeça, as bochechas esquentando.

— Eu... não sei. Não é recíproca a atração. Ele não me olha dessa forma. É frio como um iceberg imenso. Eu... queria experimentar... o beijo dele.

— Sakura!

— Ai, o quê?

Ela começou a rir.

— Você sabe que ele precisa dizer primeiro. Dizer que te ama. Dizer que quer você. Não pode simplesmente se jogar para ele. As coisas não são assim.

Yuririn estava certa. As coisas não eram assim.

— Como posso fazê-lo se apaixonar por mim?

— Está certa de que quer isso? — Yuririn se empertigou, interessada.

Eu estava certa?

Fechei os olhos, me lembrando das aulas que tive com ele. Da maneira que ele não sorria, mas, ainda assim, parecia ser o homem mais bonito que já vi. Estávamos avançando em duas semanas de ensinamento, nos víramos seis vezes no total, ele já havia me ensinando a parte dos rolamentos e aplicado a forma certa de cair em um tatame sem me machucar.

Começaríamos a defesa.

E ele começaria a me tocar.

Sim, eu o queria.

Como meus pais lidariam com isso? Sem dúvida, jamais aceitariam, queriam que eu ficasse com Murakami. Apesar do plano dele de nós dois nos rejeitarmos ser bom, não sei como reagiriam ao fato de namorar um *shidoin* de *aikido*, isso se conseguisse fazê-lo se apaixonar por mim.

Eu teria mais alguns meses para conquistar Takeshi. Os cinco meses e meio que agora me foram dados para o encontro com Murakami.

Também não precisaria apresentar Takeshi logo de cara, apenas quando fosse sério.

E tudo isso se eu conseguisse conquistá-lo.

Mas, como fazer isso se é esperado que o homem dê o primeiro passo?

Sorri.

Eu não era de seguir muitas regras, não é?

— Sim, eu quero, Yuririn.

Parte 2

6
Takeshi

— Eu trouxe charutos de repolho.

Pisquei, assistindo Igarashi me esticando uma cestinha linda envolta em um pano cor-de-rosa com um laço no topo. Ela estava fazendo uma vênia para mim — um pedido de permissão —, me estendendo a comida de forma que eu não poderia fazer outra coisa além de aceitar.

Isso me trouxe algo muito errado no pensamento.

Estava interessado em outra pessoa há certo tempo. O que era ridículo, porque eu não deveria me interessar por ninguém, essa era a primeira regra que impus a mim mesmo desde que me conheço por gente. Queria esperar fazer trinta e cinco anos, nove anos além da minha idade atual, para começar um relacionamento e levar a sério, até casar.

No momento, ver Igarashi me trazendo os charutos de repolho pareceu me fazer trair o sentimento que estava nutrindo por outro alguém, e a promessa que fiz a mim mesmo de esperar, ainda que sequer com a outra pessoa eu quisesse, de fato, aguardar. E justo esse *alguém* que eu não deveria, que não poderia me apaixonar, o que tornava ainda mais difícil não reparar na minha aluna.

Ela, sim.

Eu poderia.

E Igarashi era, realmente, muito linda.

Estava atraído por ela e, em outras circunstâncias, seria fácil convidá-la para um passeio ou, quem sabe, um encontro no aquário da cidade. Poderíamos começar com passos lentos, mas havia aquela outra menina, que me fazia querer ir além do que eu sabia, e meu coração...

Bateu pelas duas.

Peguei a cesta e imediatamente a agradeci. O *dojô*, como sempre, estava vazio. As aulas do *sensei* eram em outro horário e, pela primeira vez, isso pareceu inapropriado.

— Aceita comer comigo antes da aula? — perguntei, não me reconhecendo.

Por que eu a convidei para comer comigo?

Cadê as paredes, Takeshi?

— Isso seria adorável, Takeshi-san.

— Takeshi — a corrigi. Não queria ela usando títulos honoríficos comigo. Queria que eu fosse apenas o Takeshi para ela. Não o senhor Takeshi.

O que eu estava fazendo? Mais uma vez me vi perguntando sozinho.

— Sakura — ela se apresentou pela primeira vez para mim, usando seu nome.

Sakura.

A flor de cerejeira, a beleza feminina, o amor, a felicidade, a renovação e a esperança.

— Sakura — testei.

Ela ficou corada.

— Vamos comer — pedi, depois de um longo tempo corando e me sentindo errado.

Levei-a para a parte dos fundos do *dojô*. Comia muitas vezes ali com o meu *sensei*. Também havia uma cama, onde muitas vezes eu dormia quando brigava com meus pais. Não queria mais morar com eles e estava cada vez mais constante essa distância.

Fiquei tímido imediatamente por perceber que Sakura ficou com os olhos fixos na cama perfeitamente arrumada, em algumas roupas minhas empilhadas e separadas sobre uma pequena cômoda.

— São roupas suas?

— Sim — respondi e entreguei para ela *hashis*. Ficamos em seiza, sentados no chão com os calcanhares nos quadris, e nos aproximamos da mesa. Igarashi começou a desfazer os nós, e o almoço que ela preparou apareceu aos meus olhos. Parecia delicioso. — Fico aqui muitas vezes, porque não me sinto confortável em permanecer muitas horas na minha casa.

— Relação difícil com os pais?

— Exatamente.

— Entendo — Igarashi murmurou. — Também vivo uma relação difícil com a minha família. Eles são rígidos.

— Por isso quis encontrar o *aikido*? Para buscar sua paz interior?

— Em parte, sim. Por outro lado, apenas rebeldia.

Ela sorriu para mim e delicadamente levou um charuto de repolho aos lábios.

— Acredito que a rebeldia te trouxe a um caminho de aprendizado e sabedoria. Vai encontrar no *aikido* mais sobre si mesma do que jamais aprenderia no decorrer de uma vida. E um caminho de paz interna e amor. É a estrada certa, Sakura.

Ela piscou aqueles cílios para mim e me encarou.

— Realmente é. — Sua voz saiu em forma de um sussurro, mas todo o meu corpo se arrepiou em alerta.

Meu coração bateu com força.

Ela sorriu de forma ampla e bela.

Desviei o olhar.

Ela era a menina mais bonita que já vi.

Esqueci imediatamente de todas as mulheres que passaram por minha vida, todas que beijei, que já namorei, todas que foram significativas. Depois daquele sorriso que Sakura me deu, foi como se algo despertasse dentro de mim, uma elucidação de extrema importância. Uma peça se encaixando, algo que faltava se completou.

Um sorriso dela que foi diferente de todos os que ela já me deu, me contando um segredo que eu ainda não era capaz de entender.

— Eu quero aprender sobre mim mesma, também quero ser capaz de decidir todas as minhas escolhas. Nesse momento, estou passando por algo que vai contra o que eu sempre preguei sobre mim mesma, e não quero me perder no processo. Sei que você irá compreender o meu coração, Takeshi, da mesma maneira que sei que o *aikido* me trará aprendizado.

Baixei a cabeça em respeito e, em seguida, a ergui.

— Me sinto honrado em ouvir isso.

Comemos o resto do almoço em silêncio. Sakura não ousou olhar para mim de novo, mas eu me atrevi. Não conseguia tirar os olhos dela, nem conseguia esconder a forma como o meu coração acelerava toda vez que Sakura se movimentava. O perfume dela era algo doce como a primavera. Estávamos relativamente perto um do outro e isso já era o suficiente para me causar um arrepio.

O que eu me tornei?

Um adolescente?

Prometi que me afastaria dela. Isso estava rápido demais, intenso demais, e eu ainda tinha aquela garota... que estava mexendo comigo e me tornando um cara melhor, sem ela sequer saber.

Pedi licença a Sakura quando a refeição acabou, e ela foi ao banheiro enquanto eu digitava uma mensagem para a garota que havia bagunçado também o meu coração.

Eu: Você já se apaixonou?

A resposta veio rapidamente.

Ela: Por que essa pergunta agora?

Eu: Apenas quero saber se já amou alguém.

Ela: Nunca. Não consegui encontrar alguém que valesse o sentimento e que me fizesse parar o mundo para amá-lo.

Eu: Você não precisa necessariamente parar o mundo para amar.

Ela: Você não precisa, mas é o que acontece. O mundo passa a ser a pessoa que você ama. Você quer agradá-la, quer mostrar que ela é especial de alguma forma, quer que a vida seja ela. Acontece, querendo ou não.

Eu: E quando você acredita que está se apaixonando por duas pessoas? O mundo se divide em dois?

Ela: Não. É bem simples, não há amor pela primeira se a segunda mexeu com o seu coração. Se for amor de verdade, a segunda pessoa é a sua verdade, e não a primeira.

Eu: Você é sábia.

Ela: Sou prática.

Passei as mãos pelos cabelos, angustiado.

Saí da sala depois de alguns minutos, pensativo. Quando meus olhos encontraram Sakura, ela sorriu de novo para mim. As bochechas adquiriram um leve tom de rosa e ela assentiu, dizendo que estava pronta para começar as aulas.

Pisquei.

Ela era a segunda pessoa.

Ela era a minha verdade.

— *Onegai itaishimasu* — murmurou ela, a voz doce e suave.

Umedeci a boca com a ponta da língua e me aproximei dela.

Sakura encarou meus lábios, com expectativa.

Não me olha assim.

— Está pronta para o aquecimento? — indaguei, a voz um pouco mais rouca do que pretendia.

— Sim, por favor.

As aulas seguiram em uma espiral de aprendizado. Sakura era ótima, mas eu não podia dizer isso a ela, porque aumentaria o seu ego, e Sakura precisava continuar humilde.

Conseguiu se proteger dos meus ataques e, quando fui em suas costas, com a intenção de prendê-la em meus braços, ela conseguiu se defender e, com técnica, me colocou no chão, de costas e arfando.

Sakura me olhou de cima, a boca entreaberta e chocada.

— Eu te machuquei?

Uma gargalhada escapou da minha garganta e, em seguida, sorri para ela. Mantive o sorriso no rosto, e as bochechas de Sakura ficaram roxas. Ela observou meu rosto como se visse algo que gostava.

Eu queria convidá-la para sair.

Não, Takeshi.

— Você teria que fazer muito mais para me machucar.

Me levantei rapidamente.

— Vamos repetir o movimento? Aplique mais força quando pegar meu braço.

Fui atrás dela uma segunda vez e apertei delicadamente seu pescoço com a parte interna do meu braço. O perfume de Sakura tinha um toque de orquídeas, descobri, e seus cabelos fizeram cócegas no meu nariz. O corpo, tão perto do meu, me fez ter ideias muito, muito erradas.

Ela estremeceu.

Tocou meu braço com a técnica certa, e o meu pulso com a outra mão. Aplicando força nas costas, se dobrou e, em seguida, me virou e eu voei no chão.

A técnica estava perfeita.

— Tudo bem? — ela indagou, preocupada mais uma vez.

— Perfeito, Sakura. — Rapidamente levantei-me. — Agora vamos para outra defesa.

— Estou gostando disso — murmurou.

Ergui a sobrancelha.

— De me ver no chão?

Seu rosto ficou mais firme, embora um sorriso despontasse em sua boca.

— De perceber que sou capaz de derrubar um homem como você, na verdade.

Dei um passo à frente.

— O tamanho do corpo não importa, a técnica é o que conta.

— Mas você é bem mais alto do que eu e mais forte, também.

Ela estava me elogiando?

— Sim, eu sou.

— Você realmente é.

Saia comigo. Tome saquê comigo. Deixe-me te levar para um parque cheio de cerejeiras e, no fim do dia, beijar seus lábios entre as sombras.

— Vamos continuar o treinamento.

— Sim, claro — concordou ela.

7
Sakura

Murakami: Eu queria, nesse exato momento, estar dormindo.

Eu: E o que você está fazendo?

Murakami: Acabei de sair de um almoço com meus pais tediosos.

Eu: Queria sair com Yuririn e ir a um karaokê.

Murakami: Quem é Yuririn?

Eu: Minha melhor amiga e conselheira amorosa.

Murakami: *Hanayome*, minha noiva, agora você vai ter que contar mais sobre isso.

Comecei a rir.

Murakami: Ela te dá conselhos sobre mim, hum? Diz que devemos nos ver ou coisa assim?

Não, na verdade, ela me dava conselhos sobre o meu *shidoin*, mas eu não poderia trazer isso à tona. Por algum motivo, parecia errado com Murakami.

Eu: Não pedi esse tipo de conselho a ela.

Murakami: Interessante. Bom, se eu fosse aconselhar você sobre sua vida amorosa no momento, eu precisaria saber o que se passa em seu coração, e acho que ainda não estamos nessa sintonia.

Eu: Somos amigos.

Murakami: Somos, mas isso não me permite ainda navegar nessas águas.

Eu: Amorosas, não é mesmo?

Murakami ficou um bom tempo sem me responder, o que me permitiu ir tomar um banho e começar a assistir a um filme. Quando o celular vibrou, me surpreendi com o que li.

Murakami: Você já imaginou como vai ser o nosso primeiro encontro?

Eu: Na verdade, não.

Murakami: Já imaginou se a gente acabar mordendo a língua e realmente gostar do que vê?

Meu coração acelerou.

Eu: Não acho que isso vai ser possível.

Murakami: Por quê?

Eu: Sou chata para homens.

Murakami: Acha que sou horripilante?

Eu: Não, mas no momento acho outra pessoa atraente e, quando converso com você, também acho que é, só não sei se você conseguiria chegar à beleza dele.

Murakami: Às vezes, me surpreendo com a sua sinceridade.

Eu: Somos sinceros. Eu e você. Não combinamos que seríamos verdadeiros um com o outro?

Murakami: Amigos.

Eu: É.

E aquela foi a primeira mentira que contei a Murakami. Ele era divertido, me fazia bem e eu não sei se seria capaz de continuar a vê-lo como um simples amigo. Da mesma forma que não podia mentir para mim mesma sobre o fato de Takeshi me fazer corar e me fazer desejar beijá-lo.

Murakami não me enviou mais nenhuma mensagem e, com isso, o sábado passou sem eu ter mais notícias dele. No domingo de manhã, enviei um "oi", que não obteve retorno algum. Comecei a ficar preocupada quando, ainda de tarde, ele não me respondeu. Enviei uma mensagem para Yuririn, e ela me disse que o meu noivo virtual poderia estar com ciúmes.

Isso era ridículo.

Combinamos de realmente não nos envolvermos dessa forma; nem nos conhecíamos pessoalmente! Como ele poderia estar com ciúmes de Takeshi? Como poderia saber se eu realmente era bonita o suficiente para ter algum motivo para se enciumar? E eu nem contei a ele sobre quem era a pessoa que eu achava atraente. Poderia ser um ator, não?

Não, Sakura.

Peguei uma mochila com o quimono e a faixa branca do *aikido* enfiados lá dentro. Estava longe da hora do meu treinamento, mas decidi sair um pouco mais cedo de casa. Surpreendentemente, meu pai não reclamou sobre o fato de eu estar indo mais cedo às aulas. Foi como se ele nem tivesse me notado sair.

Caminhei pelas ruas de Nakameguro, um dos bairros de classe média alta de Tóquio. *Chichi,* meu pai, comprou nossa casa aqui justamente por causa das cerejeiras, em homenagem ao meu nome. Havia um caminho imenso para percorrer e vê-las. Na primavera, eram floridas, em um tom cor-de-rosa profundo e rosa pálido, uma das coisas mais lindas já vistas. Eu gostava especialmente do meu nome por causa dessa árvore. E o bairro, bem, era uma espécie de local residencial *hipster* escolhido por algumas celebridades para viver. Já havia encontrado várias pessoas importantes de Tóquio somente ao ir ao mercado. Havia cafés elegantes e restaurantes caros, que *chichi* adorava nos levar.

Estava esperando ansiosamente o equinócio da primavera, que começava entre vinte e vinte e um de março. Era feriado nacional, e com certeza seria um ótimo momento para passear pelo bairro, ir a um parque... Seria lindo.

Cheguei no *dojô*, fiz a minha reverência e entrei. Para minha surpresa, Takeshi não estava lá. Franzi as sobrancelhas e encarei o relógio. Não faltava muito para as aulas, e ele sempre ficava lá antes da hora. Caminhei pelo local, sem saber o que fazer. Peguei o celular, porém eu não tinha o número dele. Soltei um suspiro e me sentei no chão.

Ouvi uma tosse e fiquei ereta.

Depois, de novo, o mesmo som.

Segui a tosse e cheguei à área onde Takeshi geralmente ficava quando, pelo que me disse, não queria se misturar com a família. Puxei o *shoji*, uma espécie de parede falsa, e encontrei-o deitado na cama, coberto até o pescoço e parecendo delirar. A pele estava brilhosa e ele estava corado.

Rapidamente corri até ele e me ajoelhei ao lado da cama.

Toquei sua testa; estava quente.

— Takeshi, você consegue me ouvir? — perguntei, minha voz saindo desesperada, porque realmente me senti assim.

Meu coração bateu forte no peito quando ele abriu os olhos, as pálpebras pesadas.

— Sakura... — Sua voz saiu quebrada.

— O que houve?

— Intoxicação alimentar.

— Vou te levar ao hospital.

— Não. — Segurou meu pulso, com fraqueza, os olhos escuros me implorando e os lábios secos me desesperando. — Logo estarei melhor.

— Você precisa se medicar!

— Estou vomitando tudo.

— Vou fazer um soro caseiro. Tem sal e açúcar aqui?

— No armário.

Rapidamente me levantei, joguei minha mochila em um canto e, com as mãos trêmulas, busquei água e fiz a mistura que minha mãe tantas vezes fez para mim.

Takeshi se sentou na cama e, assim que apoiou as costas nos travesseiros, o edredom escorregou por seu peito nu, parando acima dos quadris. Ele estava sem camisa. Pisquei, corando, observando os traços do seu corpo magro. Ele era como os homens comuns, mas havia algo... algo *especial*. Alguns músculos dançavam em seu estômago, formando suaves quadrados no abdômen. Além disso, seus braços eram um pouco mais fortes do que a maioria, talvez por causa do *aikido*.

Ele era uma visão que me fez ficar imediatamente perdida, e baixei o rosto.

— A água, Sakura?

— Ah, claro — murmurei, entregando o copo, o rosto ainda baixo. Pela visão periférica, pude vê-lo sorrir de lado.

O sorriso de Takeshi era diferente de tudo que já vi. Ele possuía lábios ligeiramente cheios e, quando sorria, eles se alargavam e se tornavam uma arma para qualquer menina começar a dar gritinhos histéricos e desejar que ele aparecesse em seus sonhos.

Takeshi tomou tudo obedientemente e me entregou o copo. Levantei e deixei o objeto sobre a pequena pia. Depois, não soube o que fazer, além de olhá-lo de esguelha.

— Pode se sentar aqui por um minuto, Sakura?

— Na... na... cama?

— Sim, só para conversarmos sobre uma coisa.

Sentei-me a seus pés.

Ele continuou sentado e encostado nos travesseiros, os olhos brilhantes, os lábios agora menos secos depois do soro caseiro.

— Não poderei te dar aula hoje, espero que entenda. Se quiser ir embora, não há problema algum. Devo me recuperar em alguns dias, o suficiente para quarta-feira eu te ver de novo e poder te ensinar mais alguns movimentos.

Pensei por um momento que seria constrangedor voltar muito cedo para casa.

Mas não poderia ficar sozinha ali com ele por muitas horas e...

— Ou, se quiser ficar aqui... pode ficar. Não vou ser a melhor companhia do mundo, mas podemos assistir a alguma coisa na televisão.

— O *sensei* te deixou sozinho aqui?

— Ele não sabe que estou doente. Nem meus pais, na verdade.

— Oh.

— Vamos ficar sozinhos aqui, Sakura. Se isso te incomoda de alguma forma...

— Não, não. Tudo bem. Eu posso te fazer companhia.

— Decidiu ficar?

Encarei-o.

— Decidi ficar.

Ele foi para o lado, me dando um espaço pequeno na cama de solteiro, mas seria o suficiente para sentar. *Me sentar ao lado de um Takeshi sem camisa.* Seria o mais próximo que ficamos desde o início das aulas.

Takeshi bateu com a palma da mão no colchão.

— O espaço é apertado, mas vai servir.

Corando, me levantei e me sentei ao lado dele. Nossos braços ficaram colados. Eu pude sentir o calor de sua pele febril passar além da minha roupa. Virei o rosto e nossos olhos se encontraram. Ele cheirava a pasta de dentes e um perfume amadeirado que se tornou mais forte pelo suor febril.

Mesmo adoentado, Takeshi era uma visão. Ele tinha os traços mais suaves do mundo, os olhos não eram tão pequenos e, quando ele piscava, aquele grafite ficava ainda mais evidente. O nariz pequenininho na ponta e os lábios desenhados me trouxeram borboletas no estômago.

Ele encarou minha boca.

— O que você quer assistir?

— Ah, qualquer coisa que estiver passando.

— Tudo bem.

Não consegui encarar Takeshi nem mais um segundo. Minhas bochechas já deveriam estar escarlates quando virei o rosto com força para a pequena televisão acoplada em uma parede. Ele ligou e começaram a passar imagens que nem me dei conta do que eram. Meu coração estava batendo com muita força para ignorá-lo.

Alguns minutos passaram antes de Takeshi falar.

— Estamos chegando no equinócio da primavera. O que vai fazer durante o feriado?

Virei o rosto para ele.

— Não planejei nada, por quê?

— Gostaria de saber se gostaria de ir ao parque comigo. Ver as cerejeiras, comer alguma coisa e, quem sabe, mais tarde ver um filme no cinema.

Era um encontro?

Takeshi estava me convidando para sair. Ele estava *mesmo* fazendo isso? Pisquei. Pisquei de novo. Não podia acreditar no que ele estava me dizendo, não esperava por isso.

— Mas, se você tiver... alguém para fazer isso com você e...

Ele estava inseguro e parou de dizer qualquer que fosse a besteira que ia sair de seus lábios.

Sorri para ele.

— Na verdade, Takeshi, eu adoraria ir com você.

Ele sorriu de volta.

Que sorriso lindo.

Ele precisava sorrir mais vezes.

— Semana que vem, então? Dia vinte?

— Parece perfeito.

— Duas da tarde?

— Sim — concordei. — Você vai estar bem até lá, né?

Takeshi soltou uma risada gostosa.

— Com certeza, estarei.

De um filme, passamos para outro. Comecei a sentir minhas pálpebras pesadas até que o sono me tomou. Eu não fazia ideia que tinha, de fato, dormido. Até acordar com o celular vibrando no bolso da calça jeans e os braços de Takeshi em torno do meu corpo.

Sonolenta, peguei o celular, sem ter tempo de processar o que estava acontecendo entre mim e Takeshi.

— Oi.

— Filha, você se perdeu no horário? Está na hora de voltar para casa!

— Ah, mãe. Me desculpa — sussurrei, torcendo para Takeshi não acordar. — Volto logo mais.

— Tudo bem. — Ela desligou.

Os braços de Takeshi ainda estavam em torno de mim. Eu estava deitada de frente, e ele, de lado, me abraçando como se eu fosse seu travesseiro favorito.

Tive coragem de virar o rosto para encará-lo. Observei-o por longos minutos. As linhas de seu rosto, a maneira que ele era bonito em todos os centímetros que havia sido desenhado, me fez soltar um suspiro. Mesmo de olhos fechados, vi Takeshi abrir um sorriso. Aquilo fez meu coração bater na boca, de tão acelerado que ficou.

Ele estava acordado.

— Sua mãe deve estar preocupada. — Seus olhos se abriram lentamente. A pele não estava mais brilhosa e as bochechas tinham voltado à coloração normal. — Obrigado por ficar comigo, Sakura.

Eu tive o ímpeto de me levantar e sair correndo. Na verdade, um ímpeto quase instintivo. Nunca havia dormido abraçada com um homem antes, nunca tive tanta intimidade com alguém dessa forma, e Takeshi... ele estava me fazendo sentir todas as coisas mais estranhas do mundo, inclusive, amor.

Não consegui responder.

Então, eu sorri.

E ele me surpreendeu.

Sua mão foi para o meu rosto e ele tirou uma mecha de cabelo da minha testa. Seus olhos lindos passearam pelo meu rosto, e Takeshi sorriu antes de se inclinar para mim e dar um beijo delicado e breve em minha bochecha.

Senti o lugar onde seus lábios tocaram esquentar imediatamente.

— Te vejo na quarta-feira — falou, a voz rouca, mas despreocupada.

Como ele poderia soar despreocupado quando tinha acabado de me beijar na bochecha? Quis gritar! Era capaz de sentir borboletas voando em meu estômago, a pressão arterial subindo, a temperatura chegando a mil graus.

Nunca senti isso antes por ninguém.

E como era bom estar apaixonada.

Saí de lá sorrindo e com a perspectiva de me encontrar com Takeshi na quarta-feira. E, além disso, ao encontro que ele tinha prometido que teríamos, no equinócio da primavera.

Era romântico, tudo muito bonito.

E eu esperava que meu plano com Murakami não fosse por água abaixo e que meu pai não me obrigasse a casar com um homem que eu não amava.

8
Sakura

— Eu não posso vê-lo nesse dia!

— Por que não? — meu pai indagou, possesso.

— Porque eu tenho um encontro!

— Ah, mas não tem! Trate de cancelar com quem quer que você esteja pensando em ver. Precisa sair com o filho dos Murakami logo.

— Você me deu três meses!

— Não tenho tempo para essas bobagens. Você vai e pronto.

— Não vou, pai.

— Então esqueça suas aulas de *aikido*. Esqueça sua faculdade. Vou parar de pagar, vou parar de te apoiar em todas as coisas que você faz. Não quero que se case com ele, droga! Só estou pedindo que se encontre com o menino.

— Eu já disse que tenho um encontro! Não pode ser outro dia?

— É importante que seja no equinócio de primavera. É romântico e não posso perder mais tempo com isso. Estou preparado para fechar um contrato milionário e...

Dei as costas para e deixei *chichi* falando sozinho. Ele estava ameaçando não apenas tirar apenas o homem que eu amava de mim, como também a minha faculdade, o meu passaporte para sair dessa casa e viver a minha vida. Já havia passado da hora, eu deveria ter reconhecido que ser sustentada pelos meus pais não seria uma boa ideia, não com as regras rígidas que sempre impuseram a mim.

Antes que eu pudesse perceber, lágrimas começaram a descer pelo meu rosto, e foi tempo suficiente para *chichi* me pegar pelo braço e me encarar.

Ele se assustou com o que viu.

— Você está chorando?

— Não é óbvio? — resmunguei.

— Eu só te pedi um encontro!

— E você ameaçou tirar tudo de mim. O *aikido* e a minha faculdade. Vai ameaçar o quê da próxima vez? A minha própria vida, se não me casar com o filho dos donos da Murakami?

— Não vou precisar te ameaçar com nada.

Pisquei, atordoada.

— O que disse?

— Você vai se apaixonar por ele, Sakura. — Meu pai sorriu, me surpreendendo. Como ele poderia sorrir? Como poderia parecer tão paternal em um momento como esse? — E, se não fizer, eu vou deixá-la em paz. Não te obrigarei a casar com alguém que você não quer.

— E por que está me obrigando a ir nesse encontro?

— Porque você vai gostar.

— *Chichi*...

— Acredite no destino e em como as coisas se conectam quando é o momento certo de acontecer. Nada é por acaso, Sakura. O amor então, especialmente, nunca é.

— O amor não é por acaso, então, a imposição que você faz sobre ele também não pode ser.

— Espere, Sakura. Espere e verá.

Aline Sant'Ana

9
Takeshi

Desde a nossa aula de quarta-feira, percebi que Sakura não estava concentrada. Algo estava atormentando sua cabeça, algo que não a permitia focar no treino. Pensei que ela estava com medo devido a nossa proximidade no dia em que fiquei doente, mas parecia uma coisa além, algo que eu ainda não conseguia saber.

Ela se desequilibrou e acabou caindo sem conseguir fazer o movimento com sucesso.

— Você não está concentrada o suficiente, Sakura.

Vi-a ajeitar o quimono e prender o cabelo com um elástico antes de soltar um suspiro cansado.

— Se quiser remarcar, amanhã estou livre — avisei-a.

— Não quero remarcar, na verdade, preciso falar com você sobre uma coisa.

Eu também precisava falar com ela, mas a deixaria dizer primeiro. Esperava que fosse algo melhor do que o meu assunto desconfortável.

Abaixei os braços da posição de defesa e soltei um suspiro.

— Quer conversar aqui ou no meu canto improvisado?

Ela sorriu tristemente.

— Pode ser aqui.

— Tudo bem.

Sakura ficou com as bochechas vermelhas e baixou o rosto como se não quisesse fazer contato visual. Eu analisei bem as suas reações, estudando sobre como ela parecia indecisa se dizia algo ou não.

— Sakura, está tudo bem?

— Na verdade — a voz dela saiu como se estivesse angustiada em dizer

—, vou precisar cancelar o nosso encontro.

Não tive tempo de pensar, porque Sakura começou a falar rápido demais.

— Mas eu adoraria sair com você outro dia. Adoraria mesmo. Estou me sentindo feliz em ter essa amizade com você e...

— Amizade? — indaguei, a voz baixa.

Ela não me encarou, nem respondeu.

Dei um passo à frente.

— Eu adoraria remarcar para outro dia. Mas tudo o que nós temos, bem, não é realmente uma amizade, Sakura.

O que eu estava fazendo?

Dessa vez, seus olhos buscaram os meus.

Não éramos mais adolescentes, nem crianças, eu tinha certa experiência, já havia ficado com outras pessoas, no entanto, quando Sakura me admirava daquela forma, com calor nas íris, com intensidade na expressão, era como se eu voltasse a ser um menino e não soubesse o que fazer.

O problema era que o meu coração já estava jogado aos seus pés, batendo por Sakura como louco, e, agora que eu comecei, não ia parar de falar.

— Eu gosto de você — disse, as palavras saindo da alma. — Penso em você todo tempo e sinto sua falta quando não está aqui. Tenho vontade de ter um compromisso sério com você. Sinto um instinto protetor, quero mantê-la em meus braços e morro de medo de você não aparecer mais nas aulas e simplesmente me esquecer. E eu sei que, quando um homem se sente dessa forma, é tudo, Sakura, menos uma simples amizade.

— Você sente isso tudo? — indagou, a voz ofegante.

Dei outro passo para frente.

— Sim.

Não tocaria nela se não fosse recíproco. Eu geralmente não era impulsivo. Na premissa do amor, sabia usar bem a razão, mas os olhos de Sakura estavam brilhando e, por tudo o que havia de mais sagrado nesse mundo, eu a beijaria.

— Também me sinto assim, Takeshi. Eu...

Minhas mãos foram para o seu rosto, e Sakura parou de falar. Ela entreabriu a boca para respirar e eu desci meu rosto para o dela. Nossos corpos não se tocaram, mas, só de sentir pela primeira vez os lábios de Sakura, um arrepio fez meu corpo vibrar de pura eletricidade.

Passei minha boca pela sua, dando suaves beijos em seu lábio superior e inferior. Fui capaz de sentir naquele contato todo o amor do mundo. Sakura deixou sua língua passear entre meus lábios e, quando tocamos uma na outra, desci a mão do seu rosto e puxei sua cintura para mim.

Beijar Sakura era como estar com asas abertas no céu.

E eu sabia que era errado. Mas, ao provar seus lábios, o sabor de sua boca, a forma como aquele beijo me entorpecia, estava ciente de que lutaria com todas as armas que tinha para namorá-la, para dar a Sakura tudo o que eu podia oferecer. Mesmo se ela estivesse no fim do mundo, eu percorreria quilômetros apenas para tê-la em meus braços, para protegê-la e amá-la.

Sua língua girou na minha.

Cerrei os olhos com mais força.

Ela passou as mãos por meu pescoço e começou a acariciar a nuca. Guiei seu rosto em um ângulo mais inclinado e tomei profundamente aquela boca, testando nosso beijo, descobrindo que a química entre nós era a coisa mais espetacular que já provei em vida. Mordi o lábio dela, passando a ponta da língua para apaziguar a pequena dor que causei.

— Takeshi... — sussurrou meu nome, como uma prece.

Apesar da timidez de Sakura, percebi que ela estava perdida na sensação de me beijar, porque suas mãos foram para dentro do meu quimono. Como estava sem camisa por baixo, seus dedos sentiram a pele, e um aviso doloroso correu por minhas veias.

— Sakura, por favor — pedi, implorando, ciente de que não pararia, e esse era o nosso primeiro beijo.

Ela afastou a boca doce da minha.

Seus olhos brilharam, as bochechas estavam coradas e a boca pequena e cheia parecia mais inchada pelos meus beijos.

— Eu te amo, Sakura — minha voz saiu, sem eu poder controlá-la.

Lágrimas despontaram de seus olhos emocionados.

— Eu também te amo, Takeshi.

Envolvi os braços em seu pequeno corpo, e ela passou as pequenas mãos em minhas costas, sobre o tecido. Meu coração se partiu porque aquela parecia uma despedida. Por mais incrível que pudesse parecer, foi exatamente o que senti. O celular em meu bolso vibrou, lembrando-me do acordo e das obrigações que fiz antes de me apaixonar por Sakura.

O problema do amor é que esse sentimento é sempre audacioso o bastante para superar a razão.

E o que eu estava sentindo realmente era.

Por Sakura, moveria templos.

Abdicaria de tudo que eu pretendia ser.

Por Sakura, eu seria exatamente quem desejavam que eu fosse.

Se isso significasse não ter que perdê-la.

Se isso significasse que aquele não era um adeus.

10
Sakura

Murakami: *Hanayome*, nós vamos seguir o plano. Vamos nos ver, dizer que não gostamos um do outro, avisamos nossos pais e acabou. Relaxa, vai dar tudo certo. Te encontro perto das cerejeiras em uma hora. Beijos.

Eu: Como vou saber que você é você?

Murakami: Estarei com uma camisa de mangas até os cotovelos cor de vinho e uma calça jeans preta. Relaxa, vai ser fácil me encontrar. Vou ter um buquê de rosas brancas na mão.

Eu: Tá bem. Obrigada.

Murakami: Pelo menos, vamos nos divertir esta tarde.

Eu: Vamos?

Murakami: Vamos ao karaokê depois do passeio pelas cerejeiras.

Eu: Você é terrível.

Murakami: Vou ser rejeitado de um jeito épico esta tarde. Que, pelo menos, o mistério seja resolvido de forma divertida.

Eu: Mistério?

Murakami: Nunca vimos o rosto um do outro, nunca comentamos sobre aparência. Em todo o nosso contato, nunca nos importamos com quem estava do outro lado dessas mensagens. Vamos nos divertir, *hanayome*. Te encontro em uma hora. Agora vai se arrumar.

Eu: Já estou quase pronta.

Murakami: ;)

Soltei um suspiro e continuei a passar o rímel, torcendo para que os cílios postiços ajudassem a destacar meu rosto. Assim que fiquei satisfeita, escolhi um batom vermelho e passei nos lábios. Geralmente, não ousava dessa forma na escolha da maquiagem — quase nunca passava, de qualquer forma —, mas o vestido era no mesmo tom do batom, então, parecia uma ótima escolha.

A peça, com fundo creme e estampa florida vermelha, foi um achado da minha mãe. As flores dançavam no tecido e caminhavam da parte de baixo até em cima, parando na gola alta e aberta, sem nenhum decote ousado. Os braços ficavam de fora, e o vestido era na altura das coxas. Era delicado e, sinceramente, meio sexy.

Me encarei no espelho e vi outra pessoa. Os cabelos lisos estavam soltos, a franja cobria minha testa, e meus olhos estavam bonitos, contrastando com o vermelho da boca. O vestido era justo, colado em cada parte do corpo, mas o tecido grosso impedia a sensação de ousadia.

Não sei o motivo de ter me produzido tanto.

Talvez para passar uma impressão boa ao filho dos donos da Murakami. Ou, quem sabe, para *chichi* acreditar que estava me esforçando para agradá-lo. Ele estava mais empolgado que tudo por esse encontro. Somado a isso, a roupa e a maquiagem me davam a segurança que eu precisava. Estava angustiada por Takeshi, por não poder vê-lo, por ter que me encontrar com outra pessoa.

Saí do quarto com uma bolsa pequena a tiracolo. Mamãe me deu um beijo na testa e, com os olhos brilhantes, disse que eu estava linda.

— Só me avise se o encontro se estender — *chichi* pediu, me abraçando. — Espero que, assim que se encontrarem, suas almas tracem o melhor caminho.

— *Chichi!* — repreendi-o.

— Não direi mais nada.

— O encontro não vai se estender — resmunguei.

— Quem sabe?

Saí de casa antes da hora. Odiava qualquer tipo de descaso com horários e não faria isso com Murakami.

Como o ponto de encontro era no meu bairro, levei apenas dez minutos para chegar ao lugar onde as cerejeiras floresciam na primavera. Caminhei por entre as pessoas, prestando atenção em seus trajes e comportamentos. Não havia ninguém vestido como Murakami disse que estaria. Fui mais adiante, buscando-o com os olhos. Senti minhas mãos suarem e meu coração acelerar pela ansiedade.

Será que ele não viria?

Meu celular vibrou dentro da pequena bolsa, e o peguei para verificar a mensagem.

Murakami: Como você está vestida?

Eu: Vestido creme com flores vermelhas.

Murakami: Te achei, mas você está longe. Um minuto e chego aí.

Demorou um tempo para eu identificar a figura de Murakami. Vi um homem à distância com uma camisa de algodão, como se fosse suéter em gola V, de mangas até os cotovelos. O tom de vinho combinava com a roupa que eu vestia, e corei com o pensamento. Ele caminhava de modo elegante, e sua estrutura física era forte, o que me surpreendeu. Como estava agarrado ao celular com uma mão e a outra ocupada com o buquê de rosas brancas, a cabeça mantinha-se baixa, mas o corte de cabelo dele me fez lembrar de alguém...

Quem?

Pisquei quando Murakami chegou mais perto. Ele levantou o rosto quando pensou estar perto o suficiente, e congelei no lugar. Assim que seus olhos encontraram os meus, meu corpo inteiro estremeceu. Um arrepio me cobriu da nuca até a ponta dos pés, e meus olhos lacrimejaram. Murakami deixou o celular cair no chão devido ao susto, e ficamos minutos inteiros nos encarando.

Distantes.

Incrédulos.

Meu coração ia sair do corpo.

Porque Murakami era Takeshi.

O meu professor de *aikido*, o homem por quem eu estava perdidamente apaixonada, o rapaz que me beijou com a certeza de um amor de outras vidas.

Ele sabia?

Pelo choque em seu rosto, não. Pelo celular quebrado, foi um susto para ele assim como foi para mim. *Chichi* planejara isso tudo? Ele sabia que eu me apaixonaria por Takeshi Miyamoto? Como...

— Sakura. — A voz de Takeshi quebrou, e um pé de vento a fez sair baixa.

— Eu não sabia... que era você... o homem que eu... — Não consegui dizer mais nada, porque a emoção de vê-lo ali era uma contradição de sentimentos.

— Você é a filha do homem que está negociando um *Omiai* com meus pais?

— E você é filho dos donos das indústrias Murakami. — Não foi uma afirmação, mas também não foi uma pergunta.

— Sou. — Takeshi sorriu de lado. Ele se aproximou mais um passo. — E você é uma Igarashi. Como não liguei os pontos antes?

Por um segundo, o sorriso dele fez todo sentido. Era o bom humor sarcástico de Murakami. Era a prepotência de um herdeiro bilionário. Ao mesmo tempo, ele ainda era Takeshi-sensei. O meu instrutor.

— Precisamos sentar — pedi a ele.

Caminhamos lado a lado em silêncio e, na praça lotada, encontramos um banco de madeira. Sob uma cerejeira completamente florida e cor-de-rosa, na sombra de um dia ensolarado, ficamos nos admirando, incrédulos.

— Meus pais são donos da Murakami, mas nosso sobrenome é Miyamoto. Sou herdeiro deles, e meu pai está doente... com os dias contados, na verdade. Ele me pediu que, antes de falecer, eu conhecesse a filha dos donos dos hotéis Cinquenta, que eu pudesse ao menos dar uma chance a um *Omiai*. Agora faz todo sentido, porque seu sobrenome fala sobre Cinquenta Tempestades. Não liguei os pontos. De qualquer forma, mesmo contradizendo-os a vida toda, fui honrado com meu pai e mantive contato com você. Não sabia o seu nome, não sabia nada, mas, como não estava preocupado em realmente nos tornarmos noivos, busquei me manter o mais afastado de você. — Takeshi riu. — O que é ridículo porque, mesmo pela internet, eu me vi interessado em te conhecer.

— Eu sinto muito por seu pai. — Meu coração apertou por ele. — Bem, foi por isso que fez a pergunta naquele dia, se é possível se apaixonar por duas pessoas ao mesmo tempo?

— Sobre meu pai, estamos aceitando isso já faz uns três anos. É difícil, mas ele está sofrendo e só quero o melhor para ele.

Aline Sant'Ana

— Entendo, mas realmente sinto muito.

Baixei o rosto.

Mas Takeshi segurou embaixo do meu queixo e me fez olhá-lo.

— E sobre sua pergunta, sim — Takeshi confirmou. — O problema é que me apaixonei mais por Sakura, a menina que eu instruía, do que pela minha prometida. Eu não queria me casar, de qualquer forma, por um *Omiai*. Queria o *Ren'ai kekkon*, um casamento por amor, e, mesmo que eu fosse perder a confiança do meu pai, que fosse incapaz de realizar o seu último desejo, estava pronto para te pedir em namoro depois de dispensar a minha noiva prometida, porque não seria certo com você enquanto houvesse essa pendência.

— E a sua noiva prometida é a mesma pessoa que você instruiu por esses meses. — Meu coração estava enlouquecido. — Nossos pais devem ter programado isso, as aulas de *aikido*, com o intuito de nos aproximar.

— Você é linda, Sakura. Meu pai conhece o meu gosto para mulheres, assim como o seu pai, bem, deve saber o seu gosto para homens. Não tive o prazer de conhecê-lo, mas ele pediu diretamente ao meu *sensei* que as suas aulas fossem particulares e só comigo. O que me leva a crer que, sim, foi um plano.

— Me sinto usada.

Takeshi deu de ombros.

— *Hanayome*, se isso te tranquiliza, também me sinto. Fomos uma peça em um jogo que eles fizeram.

— Um jogo que deu certo — murmurei.

Takeshi sorriu.

— Por que você é tão diferente nas mensagens do que é pessoalmente?

— Nas mensagens, posso ser eu mesmo. Como seu instrutor de *aikido*, precisava impor alguns limites que não poderiam ser ultrapassados. Fui mais rígido, mais distante, mas não deu muito certo. Eu poderia colocar a muralha da China entre nós, que nada seria capaz de impedir o amor que sinto por você.

Fiquei vermelha.

— Você é tão diferente dos homens desse país.

— Sou tão diferente assim? Só uso o bom humor vez ou outra. E sou culpado por passar cinco anos nos Estados Unidos. Aprendi que algumas regras impostas e, inclusive a timidez exacerbada, me impediam de ser eu mesmo. Não sou tão tímido quanto a maioria dos japoneses, porque aprendi a controlar boa parte disso. Mas, ao mesmo tempo, sigo nossas regras, sigo nossas promessas e as palavras que são como contratos.

Ficamos em silêncio por um tempo e Takeshi buscou minha mão. Entrelaçamos nossos dedos, os olhares se encontrando às vezes.

— Como nossos pais sabiam?

— Eles jogaram com o destino. — Foi sua resposta.

— Isso é um pouco cruel.

— É? — Takeshi sorriu mais uma vez. — Talvez sim, talvez não. Estou feliz que você é a menina das mensagens, Sakura. Isso me mostrou que, conhecendo você pela internet ou pessoalmente, meu coração bateria da mesma forma.

Não era costume demostrar qualquer tipo de afeto em público e, fazer isso, para mim, foi como expor todo o meu coração ao mundo, mas, ainda assim, acariciei seu rosto lindo. Takeshi estava impecável, cheiroso, arrumado de uma forma totalmente diferente do que estava acostumada a vê-lo. Pensei naquele homem que me ensinou tanto sobre mim mesma durante as aulas, que foi me encantando aos poucos até eu ser incapaz de não pensar nele, sonhar com ele, desejá-lo.

E talvez, o que realmente foi algo premeditado por nossa família realmente pudesse dar certo.

— Estou pensando em começarmos isso com calma, Sakura — Takeshi disse, se aconchegando no toque da minha mão. Ele fechou os olhos e suspirou. Quando os abriu, o cinza escuro pareceria mais intenso do que qualquer outra coisa que já vi.

— Como seria ir com calma?

Ele sorriu para mim de lado, era sedutor esse gesto, porque era a exata mistura de Murakami e Takeshi.

Aline Sant'Ana

Corei mais uma vez.

— Declaramos os nossos sentimentos antes do nosso primeiro beijo.

Ah, aquele beijo...

— Sim.

— Então, com todo o meu coração aberto para você, sabendo que teremos mais do que a bênção dos nossos pais, eu te pergunto: você aceita namorar comigo, Sakura? Te protegerei, honrarei esse sentimento e serei fiel, porque não há no mundo alguém que possa despertar dentro de mim duas vezes o amor. — O sorriso não saiu de seu rosto, e Takeshi esperou uma resposta.

Sorri para ele.

Me aproximei um pouco e, com calma, trocamos a mesma respiração.

Nossos lábios se encostaram sob as sombras da primavera silenciosa de Tóquio. Eu sabia que seria escandaloso as pessoas assistirem a um beijo público. Acontece que, naquele segundo, descobri que o amor é desregrado, que não importa o que pensam, o que sabem, o que incomoda. O amor não tem forma, não tem lugar, não tem hora. O único destino dele é o coração de outro alguém, *daquele alguém*, que te faz compreender toda a parte colorida da vida, as flores, o ar e a sua consciência.

Quando nos afastamos de um beijo breve, porém com todo o sim que eu seria capaz de oferecer, Takeshi sorriu para mim e assentiu uma única vez, me garantindo que entendera a resposta.

Naquela tarde, cumprimos a promessa de Murakami. Passeamos pelo parque e fomos a um karaokê mais tarde. Cantamos juntos, embora Takeshi tenha sido realmente desafinado, o que me levou às lágrimas pela risada incontida. Nós nos apaixonamos mais, nos conhecemos além do *dojô*, e eu soube que sim, eu estava mesmo encantada por aquele homem do celular, porque ele era o mesmo que conquistou o meu coração com sua sabedoria e destreza nas aulas.

Ele me levou para casa no horário determinado por meu pai e, quando decidiu entrar comigo, dando um longo passo em qualquer formalidade que deveríamos seguir, meu pai estava esperando na sala.

Takeshi disse, em palavras firmes, educadas e muito respeitosas que não aprovou que ele fez um conchavo com seu pai, mas que sempre será grato pela oportunidade de me conhecer duas vezes, de formas diferentes, que comprovaram um amor verdadeiro. Explicou que, não, ainda não nos casaríamos ou ficaríamos noivos, que levaria nosso relacionamento no tempo certo. Ele foi mais homem do que qualquer um que jamais conheci. E *chichi*, bem, apenas concordou com tudo que foi dito, sem tirar o sorriso orgulhoso do rosto.

Já na porta da minha casa, longe dos olhos do meu pai e com a angústia de precisar me despedir de Takeshi, ele segurou as laterais do meu rosto e colou nossas testas.

— Eu quero ir com calma, Sakura, porque, quando você se tornar minha noiva, não haverá nada nesse mundo que me impeça. Sabe, eu lutaria contra nossos pais se você não fosse você. Eu batalharia mil guerras, se preciso, apenas para poder me casar com você. Mas esse é o nosso futuro e não precisará de uma guerra.

— Se o futuro fosse agora, eu diria sim. E sei que vou dizer sim quando chegar o momento certo.

— Você vai? — Ele sorriu.

Senti o coração batendo com força.

— Vou.

Sua boca macia veio até a minha, e me permiti senti-lo. A língua encostou na minha, girando em um contato suave que chegou até o céu da minha boca. Nós sorrimos no meio do beijo e voltamos a nos tocar com os lábios, a dizer com o gesto o que não sabíamos descrever em palavras. No alívio de ser quem éramos, o amor se expandia e, como Takeshi disse, se não fosse dessa forma, seríamos de qualquer outra.

Apenas seríamos.

— Eu te amo, Takeshi — sussurrei, encarando seus olhos e casualmente a boca vermelha pelo beijo.

Ele umedeceu os lábios como se quisesse pegar mais um pouco daquele sabor.

— Você é a minha prometida, Sakura, e não estou falando do acordo de nossos pais. Amaria você até do outro lado do mundo.

Realmente, poderíamos colocar mil paredes entre nós, que isso não mudaria o que sentíamos ou como sentimos.

Naquela troca de olhares, soube que Takeshi seria o meu presente e todo o meu futuro.

E aquele *shidoin* abriu mais um de seus sorrisos de tirar o fôlego, me provando que, sim, ele também era capaz de ver um futuro ao meu lado.

Epílogo
Takeshi

Dois anos depois

Admirei Sakura de costas para mim, passando a escova por seus lindos cabelos em frente à penteadeira. Me aproximei devagar e acariciei seus ombros. Ela ainda estava com a maquiagem do nosso casamento, porém com o cabelo solto, que agora caía quase no meio de suas costas.

Eu ainda estava vestido com o *hakama*, o quimono preto e cerimonial dos casamentos japoneses. O vestido de Sakura foi diferente do normal. Ela simplesmente pegou um quimono feminino e o transformou em um vestido de ombros de fora. Nunca a vi tão linda na vida, e meus olhos ficaram cheios de lágrimas com as promessas que fizemos.

E, algumas horas depois, aqui estávamos: no quarto de nossa nova casa, como marido e mulher, um momento que seria guardado para sempre na memória.

Desci o rosto e beijei seu pescoço, lentamente passeando os lábios por sua pele quente.

Ela soltou um suspiro.

Eu fui o primeiro homem a tê-la, o primeiro a ajudar Sakura a descobrir o próprio corpo, a mostrar a ela o que poderia acontecer quando nossos corpos se encontrassem. Fui paciente e, junto com ela, também me descobri um homem apaixonado na cama. Estávamos casados agora e, por mais que já tivéssemos feito sexo incontáveis vezes, eu queria que hoje fosse além do especial, que fosse marcante.

Sakura se levantou. Passei os beijos do pescoço e levei-os até sua boca, beijando-a com mil promessas. Sakura reprimiu um gemido quando dancei minha língua na sua, sentindo-a enquanto meu corpo aquecia com as memórias de tê-la embaixo de mim.

Peguei-a em meus braços. Sakura riu quando a coloquei na cama, o vestido de noiva cobrindo todo o colchão. Tomei um tempo encarando-a, tão perfeita naquela roupa que era uma pena tirá-la, embora o que estivesse sob ela fosse ainda mais interessante.

Em cima dela, desfiz cada um dos laços, liberando-a e vendo as peças se desfazendo como uma flor desperta, um conjunto de cores. Sakura me encarou com os olhos brilhando e precisei baixar o rosto para beijar aqueles lábios. Enfiei a língua ao redor da sua, dobrando-me de vontade quando senti sua pele nua em minhas mãos. Toquei seu seio pequenino, brincando com o bico, sentindo a sua pele macia como pêssego, e Sakura se remexeu. Sorrindo contra sua boca, voltei a beijá-la, descendo o toque dos lábios por cada centímetro que eu conseguia.

— Você está pronta, amor? — questionei baixinho, lambendo o mamilo com delicadeza.

— Sim...

— Preciso ver.

— Precisa?

Desci a mão por seu quadril e o apertei quando decidi descobrir por mim mesmo. Vaguei meus dedos para o meio de suas pernas, sentindo-a molhada para mim. Abri um sorriso e beijei sua boca, torturando-a enquanto estocava-a lentamente com o dedo.

Como era bom vê-la entregue a mim, perceber o quanto nossa química só crescia a cada dia. Como era maravilhoso saber que a mulher que eu tocava e beijava era a minha esposa.

Suas mãos vieram para o meu quimono, e ela começou a tirá-lo antes que eu pudesse processar a sua urgência. Sakura me encarou quando comecei a ajudá-la a livrar minhas roupas, um brilho em seus olhos, a aliança dourada contrastando com o tecido preto do meu quimono.

Peguei sua mão e beijei a aliança, parando seu movimento assim que me desfiz das roupas. Estávamos nus, prontos e com a pele fervendo um pelo outro, mas eu precisava dizer umas coisas.

— Durante esses dois anos, me orgulhei mais de você do que jamais poderia ter me orgulhado de outro alguém. Encontrei uma mulher forte que luta

— literalmente falando — e que sabe administrar os negócios com a destreza de uma rainha. Preciso te agradecer por me ajudar com as indústrias Murakami e torná-la tudo que ela é hoje. Preciso agradecer por ter segurado o meu coração quando ele caiu no chão após a perda do meu pai e, especialmente, preciso agradecer pelo amor que você demonstrou nesses meses todos juntos. Te amei mais a cada segundo, minha *tsuma*, minha esposa, e sei que a cada dia que passa vou te amar mais. Você é minha promessa do ontem, hoje e amanhã. — Beijei seus lábios, sem ser casto, apenas intenso, com a língua e o meu membro passeando por suas coxas. — Eu te amo, Miyamoto Sakura.

Em seu corpo, beijei seus lábios e suas pernas me rodearam. Senti-a molhada na ponta do meu sexo, experimentando o prazer ferver no sangue. Gemi e, com uma longa estocada, estava dentro dela. Movi meu quadril para frente, deliciando-me com Sakura passando as mãos em minhas costas, precisando de mim. Beijei sua boca mais uma vez, rodando a língua de leve na sua, pegando seu sabor, já misturado ao meu. Diminuí a densidade do beijo e precisei respirar. Com calma, encarei seus olhos em seguida.

— Eu te amo, meu amor — ela disse.

Nós fizemos amor naquela noite até que o dia começasse a aparecer na janela do quarto, até que o cansaço fosse mais forte do que a vontade de ter mais e mais um do outro.

E, naquela mesma noite, eu ainda não sabia e sequer Sakura sabia que ela estava já esperando um filho nosso. Na nossa lua de mel, descobrimos, e foi como se a vida estivesse cumprindo mais uma de suas infinitas promessas.

Só conhecemos o amor em sua forma mais bela quando a junção dele se tornou uma mistura nossa com olhos puxadinhos e cabelo bagunçado. Seu nome? Yakusoku, uma promessa. Ele era a coisa mais bonita que pudemos ter.

Fomos abençoados com uma vida de amor que transpassa a explicação.

Descobrimos que a melhor parte de nós era o fato de termos um ao outro.

Fomos prometidos não pelos nossos pais, mas pela vida. Dessa forma, o destino cumpriu o seu papel e nos ofereceu todo o amor que ele era capaz de conjurar.

Fim

Entre em nosso site e viaje no nosso mundo literário.
Lá você vai encontrar todos os nossos
títulos, autores, lançamentos e novidades.
Acesse www.editoracharme.com.br

Você pode adquirir os nossos livros na loja virtual:
loja.editoracharme.com.br

Além do site, você pode nos encontrar em nossas redes sociais.

 https://www.facebook.com/editoracharme

 https://twitter.com/editoracharme

 http://instagram.com/editoracharme